LA PATRIE DES FOURMIS

du même auteur
chez le même éditeur

L'Agonie de Proserpine
Le Chasseur de lions
Le Château de la lettre codée
Les Ennemis
La Machine volante
Les Mystères de l'Opéra
Napoléon VII
Préparatifs de voyage / La Ville des pigeons
Problèmes oculaires

JAVIER TOMEO

LA PATRIE DES FOURMIS

Traduit de l'espagnol
par Denise LAROUTIS

CHRISTIAN BOURGOIS ÉDITEUR

Titre original :
La patria de las hormigas

ISBN 2-267-01718-0

1

Juan H est arrivé deux heures plus tôt par le premier autocar du matin. Il a sept jours de vacances devant lui. C'est le premier août aujourd'hui et il reste ici jusqu'au sept. Le huit, il aura donc retrouvé son bureau et le classement des factures. C'est son travail, classer et archiver des factures dans une compagnie d'assurances.

« Vous avez eu de la chance, lui disait tout à l'heure le patron de la pension de famille, en lui dressant le tableau de la situation. Normalement, à cette époque de l'année, c'est l'invasion, certains touristes qui ont le cœur bien accroché dorment même dans les niches du cimetière. »

C'est un vieillard d'aspect taciturne qui doit bien avoir plus de quatre-vingts ans et vit avec sa nièce au rez-de-chaussée de la pension. Il a la paroi du nez déviée vers la droite et il est sourd, pour parler clairement, comme un pot.

La chambre n'est pas mal du tout. Des murs peints en jaune, deux lits avec des couvre-lits verts, une table de nuit, deux chaises, une table bancale et un balcon avec une chaise paillée et un bac à laver.

Elle est également assortie d'un cabinet de toilette avec douche et d'une armoire dans laquelle Juan pourra cacher, en cas de besoin, un squelette humain.

Il commence, en tout premier lieu, par sortir ses chemises de sa valise. Il en a pris sept, une par jour. Sept jours, sept chemises et sept couleurs différentes. Qu'est-ce qu'un homme sans chemise ? Rien. Il n'a pas assez de cintres et descend en demander au vieux avec son nez tordu. Il le trouve assis dans un fauteuil d'osier, faisant face à l'écran éteint de la télévision.

Je vais en profiter – décide-t-il avant d'ouvrir la bouche – pour lui demander s'il accepterait de me faire une ristourne.

Il obtient les cintres avec la plus grande facilité. Le vieux est prêt à lui en donner autant qu'il en voudra. Pour le rabais, c'est une autre paire de manches. Juan devra payer sa chambre double comme s'il l'occupait à deux.

« C'est du vol ! » dit Juan à voix basse, certain que le vieillard ne l'entendra pas.

Mais à la vue de ses grandes oreilles – déployées de chaque côté de sa tête comme deux radars –, il se demande s'il est vraiment aussi sourd qu'il y paraît. Certains font semblant d'être sourds pour ne pas avoir à répondre aux questions qui ne leur plaisent pas, tout le monde le sait.

Mais le vieillard ne l'a pas entendu – sa surdité n'est pas feinte – et il demande à Juan de venir s'asseoir à côté de lui. Il dit qu'il aime bien faire la connaissance des gens qui dorment sous son toit.

Ce n'est pas un vieux ordinaire, comme ceux que l'on voit jouer à la pétanque sur les places. Il se présente et dit s'appeler Blas.

« Ma mère, explique-t-il, m'a donné ce prénom parce que c'était le plus court qu'elle ait trouvé. »

Puis il demande à Juan comment il s'appelle et ce qu'il fait dans la vie. Juan répond qu'il s'appelle Hector, qu'il vit à Z, qu'il est employé dans une compagnie d'assurances et qu'il passe ses journées dans un sous-sol à archiver des factures.

Rien ne l'oblige à fournir tous ces détails, mais il préfère jouer franc jeu dès le départ. Il va même jusqu'à lui expliquer que la première chose qu'il fait quand il arrive au bureau le matin, c'est de classer les factures par couleurs puis, dans chaque couleur, de les ranger par dates.

« Quand vient le moment de l'archivage définitif, lui dit-il encore, je pars toujours de la couleur et je mets les boîtes sur les rayonnages en suivant l'ordre de l'arc-en-ciel. »

Blas semble intéressé. Il s'enquiert de cet ordre et Juan le lui explique. La première couleur est le rouge, puis vient l'orangé et ensuite, successivement, le jaune, le vert, le bleu et l'indigo, et, en tout dernier lieu, le violet.

« Vous en avez sous le crâne », dit le vieux.

Juan a un sourire modeste et lui oppose qu'il n'y a aucun mérite à se rappeler les couleurs de l'arc-en-ciel dans l'ordre.

« Bon an mal an, conclut-il, je passe mes journées au milieu des couleurs. »

Ayant fait cette remarque, il n'a plus rien à ajouter et se tient coi, les cintres à la main. Il ne sait plus comment prendre congé du vieux et retourner à sa chambre. Des choses qui nous paraissent des plus simples nous prennent quelquefois complètement au dépourvu.

À côté du téléviseur se trouve un pot avec un ficus dont les grandes feuilles charnues semblent passées à la cire. Encore une fois, prudence, ces plantes ont mauvais caractère. Certaines espèces sont carnivores et étranglent les arbres qui sont à leur portée. Juan connaît des histoires de ficus qui ont mordu leur jardinier.

Il se creuse encore un peu, ne trouve rien à dire et, quand il se remet debout, ses genoux se dérobent sous lui. Ce qui signifie que ses articulations peuvent lui jouer des tours et qu'il est loin d'être aussi fort qu'il se l'imagine. Il dit au revoir à Blas et retourne enfin à sa chambre. Il assigne un cintre à chacune de ses sept chemises et les pend dans l'armoire, en prenant soin qu'elles ne se touchent pas les unes les autres. Ici encore, au-dedans de cette humble armoire de bois bouffée aux vers, l'ordre des couleurs qui règne dans le firmament, c'est-à-dire l'ordre même de l'arc-en-ciel, est respecté. Il pend d'abord sa chemise rouge, ensuite la rose saumon, puis, successivement, la jaune, la verte, la bleue, la blanche et la violette. L'indigo de l'arc-en-ciel se trouve donc remplacé dans l'armoire par le blanc de sa chemise de lin.

Il a encore une chemise d'un vert foncé semblable à celui des feuilles du ficus – c'est celle qu'il porte en ce moment – et quatre pantalons, en plus du jean qu'il a mis pour faire le voyage et qu'il a sur lui. Tout bien compté, il lui manque encore trois cintres. Il redescend à la salle à manger et y trouve Blas piquant du nez dans son fauteuil d'osier.

« Pas de problème, je vais vous donner des cintres, dit-il, mais, en échange, vous resterez un petit peu avec moi. »

Juan s'assied à côté de la télévision et Blas lui répète qu'il aime connaître ses hôtes personnellement, même à la va-vite. Il n'a pas mis les pieds hors de son village depuis plus de quarante ans, dit-il, et demande comment ça se passe en ville.

Juan répond que ça se passe mieux pour certains et moins bien pour d'autres, mais qu'en gros ce qu'il peut dire, c'est qu'en ville on vit les uns sur les autres et qu'il n'y a pas de place pour tout le monde.

« Ici, au moins, on a les coudées franches », dit-il.

Il va pour enfiler les lieux communs, mais voit que Blas se désintéresse de ce qu'il lui raconte. Il se tait donc, le vieillard se passe alors la main sur le front et profite de la pause pour lui dire qu'il est veuf depuis moins d'un an et qu'il s'ennuie beaucoup.

Il semble si abattu après cet aveu que Juan ne sait plus quoi dire. Juste à cet instant, une femme se met à fredonner quelque part dans la maison d'une voix épaisse et humide qui paraît sortir du fond d'un puits. On comprend tout de suite qu'elle est de ces personnes qui aiment bien être tristes parce qu'elles peuvent se décharger le cœur en chantant.

Un peu plus tard entre, venant de la cuisine, une fille armée d'un balai-brosse dans une main et d'un seau dans l'autre. Les yeux baissés, Blas fait les présentations. Il dit à Juan que c'est la fille d'une sœur à lui morte six mois avant et qu'elle s'appelle Carmen.

« On meurt beaucoup chez vous, à ce que je vois », remarque Juan pour faire de l'esprit.

2

Carmen n'a pas trente ans, mais sa lèvre s'orne d'une ombre de moustache et son nez est aussi tordu que celui de Blas. Encore un trait qui signale son appartenance familiale. En plus de s'occuper de son oncle, elle fait le ménage dans la pension. Peut-être s'emploie-t-elle aussi à cirer les feuilles du ficus. Elle a de petits yeux placés loin du nez, c'est-à-dire un peu écartés vers les tempes.

Attention aux femmes qui ont ces yeux-là, pense Juan, elles ne disent jamais la vérité.

Blas demande à sa nièce d'offrir à leur hôte un petit verre d'anis et un verre d'eau.

« Pour vous dire le fond de ma pensée, je suis content d'avoir un hôte qui aime les couleurs », dit-il ensuite.

Carmen s'éloigne dans le couloir et réapparaît au bout de deux minutes dans la salle à manger, la bouteille d'anis et le petit verre dans une main, le verre d'eau dans l'autre. D'une main ferme, elle remplit le petit verre jusqu'au bord et l'offre à Juan avec une petite révérence.

« Ahahah », dit-elle ensuite d'un air entendu.

Blas pense à sa défunte, qui disait aussi ahahah. Il a la bouche fermée et, comme il n'a pas de dents, sa mâchoire inférieure lui touche presque le bout du nez. Pour le requinquer, Juan lui dit que son anis est excellent et le félicite aussi pour le ficus.

« Très jolie plante », ment-il.

Blas le remercie d'un sourire poussiéreux et contemple le ficus avec un doux regard, comme s'ils partageaient tous les deux un secret inavouable. Il se repasse la main sur le front, a un renvoi et, petit à petit, reprend du poil de la bête. Il lève les yeux, s'éclaircit la gorge et explique à Juan qu'il se trouve être le seul hôte de la pension.

« Comprenne qui pourra, lui dit-il, mais je préfère avoir des chambres vides plutôt que de prendre des clients qui ne me reviennent pas. »

Il lui explique qu'ici ont dormi des gens de toutes races et de toutes couleurs, y compris un couple de Chinois, quinze jours plus tôt.

Juan a tous les cintres qu'il lui faut mais il n'est pas pressé de partir. Il dit qu'il ne doit pas y avoir beaucoup de pensions dans ce petit port qui puissent se vanter d'avoir eu des hôtes chinois, mais pour que Blas n'aille pas s'imaginer qu'il cherche à le brosser dans le sens du poil, il ajoute que les Chinois, par les temps qui courent, ne sont plus ce qu'ils étaient, surtout depuis qu'il ont coupé leur natte et se sont mis à boire du Coca-Cola.

« Au fond, ce n'est plus ce que c'était pour rien », soupire-t-il.

Ce qu'il a voulu dire, c'est que ce temps est impitoyable et que Blas lui-même, qui était sans doute un beau gars il y a soixante ou soixante-dix ans, est aujourd'hui une vraie ruine. Blas l'entend mal, mais, en le voyant sourire, il suppose qu'il lui parle encore des Chinois.

« Tel que vous me voyez, dit-il, je n'ai jamais eu

aucune difficulté à distinguer les Chinois des Japonais. »

Et d'expliquer que les Chinois ont les yeux bridés vers le haut et les Japonais vers le bas.

Juan hausse les deux sourcils et son front se plisse. Il jurerait que ce sont les Chinois qui ont les yeux bridés vers le bas. Cependant, il n'a pas l'intention de discuter avec un homme qui pourrait être son grand-père et qui, à tout instant, risque de se mettre à pleurer en pensant à sa femme défunte ou au peu d'années qu'il lui reste à vivre.

« C'est la première fois que vous venez ici ? » lui demande Blas.

Juan acquiesce d'un hochement de tête.

« Si vous vous secouez un peu, vous pourrez faire pas mal de touches par ici », dit le vieux en clignant de l'œil.

Juan lui explique que c'est exactement ce que lui a dit un collègue de bureau qui s'appelle Alberto et passe son temps à lui raconter des craques. Il regarde fixement le ficus – il veut lui prouver qu'il n'éprouve aucun respect pour lui – et en même temps se frotte les jambes pour faire circuler le sang.

« Croyez-vous, vous aussi, que les ficus pleurent ?

— Non, je ne le crois pas, répond Blas. Même s'ils ont parfois leurs mauvaises passes. »

Ils restent ensuite quelques minutes sans parler, mais font connaissance en silence. Quelque part dans la maison, une pendule se met à sonner. La sonnerie vient de loin et Juan se dit que ce serait plus logique que la pendule ait été placée dans la salle à manger.

Pourquoi la cachent-ils ? se demande-t-il. Pourquoi y a-t-il des gens qui cachent les pendules ?

Et quand il tourne la tête vers la droite, il surprend un léger frissonnement d'une des feuilles du ficus, comme si la plante connaissait la réponse.

« Alors comme ça, vous êtes venu ici pour trouver une copine », dit Blas.

Juan répond que ce n'est pas ce qu'il a dit, mais il reconnaît qu'il n'a rien contre se trouver deux ou trois copines, ou même une seule, mais qui lui dure toute la semaine. Il admet ensuite qu'il n'est pas grand connaisseur, côté femmes, et que ses collègues au bureau – surtout Alberto, qui est placé le plus près de lui – se paient souvent sa tête avec ça.

« Vous vous y connaissez en quoi ? » lui demande Blas.

Juan répond qu'en réalité il ne s'y connaît pas en grand-chose, mais que, s'il devait choisir, il dirait qu'il s'y connaît assez bien en couleurs et, pour le prouver, il explique que ce que nous appelons couleur n'est autre que le mode dont la substance réagit à la lumière et qui montre que les couleurs ont une grande influence sur la vie humaine. Il dit aussi que l'idée de ranger les exemplaires des factures par couleurs est de lui et que son chef l'a trouvée excellente quand il la lui a proposée.

« Remarquez, reconnaît-il ensuite avec un sourire résigné, il y a des jours où je me dis que tout le monde, au bureau, se fout que j'archive ou pas les factures. »

Carmen revient et s'adosse au montant de la porte. Mis à part sa moustache, qui l'enlaidit assez, elle n'a pas l'air très intelligent. Elle soutient le regard de l'hôte sans ciller et abaisse légèrement la commissure des lèvres. Il se peut qu'elle ne sache pas sourire autrement.

Et si elle avait empoisonné l'anis ? se demande Juan.

« C'est vrai que les couleurs mettent de la joie dans la vie », remarque Blas.

Carmen s'assoit sur une chaise placée entre le ficus et la télévision et regarde son oncle. Elle frôle une feuille de sa hanche puissante, mais la plante ne bouge pas. Carmen et la plante sont maintenant comme deux tigresses à l'affut.

« D'ailleurs, ajoute Blas, de tout temps, je me suis méfié des gens qui sont toujours habillés en noir. »

Carmen a gardé aux lèvres son étrange sourire et Juan pense au poison. Ce ne serait pas la première fois qu'un vieux s'acoquine avec une nièce ou même une petite-fille pour empoisonner l'hôte qui descend dans sa pension, dont ils enterrent ensuite le cadavre dans l'arrière-cour. Il se pourrait même que Carmen ne soit pas sa nièce, mais sa maîtresse, et qu'ils aient fait, à eux deux, fortune sur le dos de leurs clients depuis des années.

« Je vais vous dire, le seul problème qu'on ait ici, ce sont les fourmis, dit Blas à brûle-pourpoint, d'une voix sourde.

— Les fourmis ? » dit Juan.

Blas lui explique en quelques mots qu'une armée de fourmis tourne dans la pension. Elles ne sont pas toujours au même endroit. Certains jours, elles sont dans une partie de la maison, d'autres jours dans une autre. Il n'a pas encore trouvé par où elles sont entrées, mais elles peuvent surgir n'importe où et n'importe quand.

Juan n'a rien contre les fourmis. Et même, parmi tous les insectes, les fourmis sont justement ses préférés. Il a lu un grand nombre de livres sur les insectes en général et sur les fourmis en particulier, qui se sont révélées des créatures fascinantes. Il lève son petit verre et le regarde en transparence.

« C'est comme si elles faisaient partie de nous », murmure-t-il, tout en se reprochant en son for intérieur de pousser le bouchon un peu loin.

Blas dit que c'est aussi ce qu'il a pensé quelquefois, mais que tout le monde n'en est pas là. Des hôtes suédois se sont plaints à cause des fourmis.

« Si vous voulez que je vous dise la vérité, ajoute-t-il, je ne comprends pas comment des malabars de deux mètres de haut peuvent avoir peur de ces petites créatures de Dieu.

— Vous appelez les fourmis petites créatures de Dieu ? » lui demande Juan, légèrement scandalisé.

Blas ne répond pas. Sans doute préfère-t-il ne pas parler des fourmis devant sa nièce, qui est toujours accotée à la porte, les bras croisés et les yeux de plus en plus écartés. Juan change de sujet et demande, si, dans la pension, logent aussi une ou deux Suédoises, mais le vieux fait comme s'il n'avait rien entendu et, malgré la présence de Carmen, continue à parler des fourmis. Il grimace un sourire forcé – peut-être pour que son hôte ne s'effraie pas trop de ce qu'il va lui dire – et explique que l'on connaît six mille espèces de fourmis et que, dans une seule fourmilière, peuvent vivre de trois à quatre millions de fourmis.

« Trois à quatre millions », murmure Juan.

Carmen comprend enfin qu'elle est de trop dans la salle à manger et s'éloigne en chantonnant dans le couloir. Blas lève alors les yeux vers un daguerréotype de femme en mantille dans un cadre de bois verni noir.

« Vous ne pouvez imaginer la peur que ma mère en avait », soupire-t-il, les yeux fixés sur le portrait.

Juan soupçonne que cette vieille photographie – retrouvée peut-être quelques jours plus tôt au fond d'une malle – occupe sur le mur l'endroit même où se trouvait jusqu'alors la pendule. Il s'étonne qu'en dépit de son âge Blas se souvienne encore des goûts et des phobies de sa mère.

Carmen chante maintenant parmi ses casseroles et, juste au moment où elle se tait, Blas est pris d'une quinte de toux qui fait craquer sa poitrine comme un marron grillé. Il crache dans un mouchoir rose et, le calme retrouvé, explique qu'à ce jour les fourmis n'ont jamais attaqué sérieusement le moindre client, mais qu'il peut en aller autrement d'un instant à l'autre, parce que la conduite des fourmis est imprévisible.

« Je sais bien, dit-il, qu'elles ont une réputation d'insectes aux mœurs invariables, mais il arrive que les lois de la nature s'altèrent. »

Juan approuve de la tête. Blas a raison. On ne peut même pas faire confiance à la nature.

« Je crois que vous en savez autant sur les fourmis que moi sur les couleurs, remarque-t-il.

— Là où je voulais en venir, murmure Blas, en jetant un regard en coin au ficus, c'est que vous avez un insecticide à votre disposition dans l'armoire de votre chambre. En cas de besoin, vous pouvez donner un petit coup de pschitt autant de fois qu'il le faudra. »

3

Il laisse Blas assis dans son fauteuil d'osier et monte à sa chambre. Il finit de ranger ses affaires, referme l'armoire, sort sur le balcon et compte les pots de fleurs de la maison d'en face. Quatorze au total – pas un de plus, pas un de moins – et tous peints en rouge.

Prudence aussi avec ces pots de géranium. Il se peut qu'on en garnisse les fenêtres par arrêté municipal. Certains maires pointilleux sont intraitables sur ces détails.

Et puis, se dit-il, quatorze, c'est le double de sept et la moitié de vingt-huit.

Alberto se moque toujours de ses lapalissades. Il dit que c'est à cause de conneries de ce genre (entre autres) que les chefs ne veulent pas augmenter son salaire et l'ont mis au placard depuis des lustres. Si Alberto et les chefs ne savent pas que la clé qui nous permet de déchiffrer les plus grands secrets de la vie se cache parfois derrière les réflexions les plus simples, tant pis pour eux.

Et d'ailleurs, poursuit-il dans sa tête, quatorze est aussi le produit de sept par deux.

Au-dessus du petit port passent des légions de nuages poussés par un vent qu'on ne sent pas au ras du sol. Quelques-uns changent doucement de forme, se déchirent en lambeaux et finissent par disparaître.

Voilà encore une question qui le hante : où vont les nuages quand ils disparaissent ?

Il rentre dans sa chambre, s'allonge sur le lit – il a choisi le lit le plus éloigné du balcon –, ferme les yeux et retient sa respiration. Il n'aimerait pas que les fourmis de Blas – à supposer qu'elles ne soient pas une invention – le prennent au dépourvu. Il a donc posé la bombe insecticide sur la table de chevet, à côté de son téléphone portable. Les instructions écrites sur la bombe sont limpides : il faut la secouer plusieurs fois avant de l'utiliser. L'insecticide contient de la tétramétrine et, s'il s'intoxique, il aura toujours la possibilité de demander de l'aide au Centre antipoison.

Encore un avantage du portable. On est relié au monde entier et l'on peut appeler qui on a envie sans aller courir dans la rue et perdre son temps à chercher une cabine. Maintenant, pour prendre un exemple, il pourrait parler à la police, aux pompiers ou à l'hôpital. Il pourrait même parler à une femme.

Il le fait quelquefois, il tape un numéro au hasard et attend que lui réponde une voix de femme. Quand il l'entend de l'autre côté, ça clignote dans sa tête.

« Savez-vous, chère amie, pourrait-il demander en cet instant même à n'importe quelle habitante de l'immeuble d'en face, que ces géraniums écarlates que vous arrosez avec tant d'amour représentent la consolation ? »

Ou bien :

« Savez-vous, mademoiselle, que l'écarlate de ces géraniums symbolise la bonté et la beauté ? »

Mais en fait toutes les femmes avec lesquelles il essaie de parler coupent la communication en vitesse. Sa mère est la seule femme qui l'appelle tous les jours pour lui demander comment va sa bronchite et lui dire d'éviter de se faire des taches à l'avenir.

Il saute du lit et décide de mettre son pantalon gris clair et sa chemise saumon, celle qu'il préfère entre toutes. Quand il a cette chemise, on le voit à un kilomètre. Il a emporté deux paires de chaussures tressées et des espadrilles de toile bleue, et décide de mettre les espadrilles.

De la porte de la pension jusqu'au centre de la place, il compte exactement trois cent soixante-cinq pas. Autant qu'il y a de jours en une année. Le monde est plein de coïncidences. Il fait deux ou trois fois le tour de la place et s'assoit à la terrasse de la buvette qui fait face à la mer.

« C'est là que va tout le monde », lui a dit Alberto la veille de son départ en vacances.

La bar possède une autre terrasse, qui donne sur la place. Une toile à franges bleues et rouges abrite du soleil la terrasse qui donne sur la plage, mais il préfère s'asseoir dans la partie qui n'est pas à l'ombre pour mieux voir le ciel et regarder les mouettes volant au-dessus de la buvette tourner le cou et le regarder d'en haut, l'œil injecté de sang.

Quand on est assis là, il faut vraiment faire effort sur soi-même pour penser à des fourmis. Les couleurs l'entourent de toutes parts. Le ciel est bleu, la mer est bleue tirant sur le vert et la baie est remplie de barques rouges, vertes et blanches. Devant la buvette, il y a une plage assez longue, mais pour l'instant pas un seul baigneur. Sans doute arriveront-ils plus tard. Juan jette un regard avide autour de lui.

Je suis une araignée au milieu de sa toile, pense-t-il.

Et juste après qu'il s'est fait cette réflexion apparaissent deux blondes qui vont s'asseoir au bout de la terrasse. L'une porte un chemisier jaune et l'autre un haut bleu. Juan sort son portable de sa poche et fait comme s'il parlait à quelqu'un. Les deux femmes le regardent et sourient. C'est plus ou moins ce qu'il espérait. Mais il ne veut pas aller trop vite en besogne et reste le portable collé à l'oreille en hochant la tête de gauche à droite.

« Rappelle-moi quand tu voudras », conclut-il, comme si quelqu'un l'écoutait.

L'une des deux femmes lâche un petit rire. C'est la plus blonde des deux et celle qui lui plaît le plus. Elle éternue et se mouche dans un grand mouchoir blanc. Elle cherche à se faire remarquer, pense Juan. Il range son portable et tourne les yeux de l'autre côté. Le garçon lui adresse un clin d'œil. On ne la lui fait pas, il a compris lui aussi que les éternuements de la blonde étaient feints. Juan lui commande une limonade et sent le regard des deux femmes lui parcourir le dos, de la nuque aux reins.

Elles lui servent sur un plateau l'occasion de leur parler, mais il reste le dos tourné. Il se persuade ensuite qu'il n'a pas de temps à perdre et, quand la blonde éternue pour la seconde fois, il lui dit de faire attention parce que les rhumes d'été sont plus mauvais que les rhumes d'hiver.

Elles haussent les épaules. Elles sont étrangères et ne comprennent pas ce qu'il dit. C'est le sempiternel problème. La langue empêche les gens de se comprendre. Si l'on songe à ces âneries, on parvient très vite à la conclusion que ce n'est pas demain la veille que l'on pourra dire que la construction du monde est terminée. Il ne lui reste donc plus qu'à changer de stratégie. Il remonte sa manche jusqu'à l'épaule, plie son bras et leur montre son biceps. Genre lutteur de foire. Elles sourient encore, mais sans plus, comme si elles commençaient à se lasser.

Le serveur revient, pose la bouteille de limonade et le verre sur la table et chuchote à l'oreille de Juan qu'il aurait intérêt à ne pas se faire d'illusions. Elles sont ici depuis une semaine et passent la matinée à faire marcher tous les types qui les approchent dans l'idée de les draguer.

Juan demande si elles sont allemandes et le serveur lui répond qu'elles sont d'un autre endroit, mais qu'il ne sait pas lequel.

Effectivement, pense Juan, toutes les blondes ne sont pas allemandes et toutes les Allemandes ne sont pas blondes.

Mais ensuite il se met à ruminer la question et finit par soupçonner le serveur de ne pas, peut-être, lui avoir dit la vérité. C'est un rapide que ce serveur et il pourrait bien essayer de lui faire croire qu'il n'a aucune chance pour lui-même se ménager le champ libre. Les serveurs sont obligés quelquefois de recourir à de telles astuces. Ils s'esquintent à longueur de journée à faire la cour à une cliente et voilà que se pointe un individu en chemise saumon qui la leur chipe sous le nez.

Juan n'a pas l'intention de déposer les armes si vite. Il lève son verre de limonade et boit à la santé des deux touristes, et elles-mêmes lèvent leur chope de bière. Elles ne sont plus toutes jeunes et ont, fort probablement, des cuisses ravagées par la cellulite, mais Juan aime bien cette manière qu'elles ont de sourire.

Enfin, inutile de reculer pour mieux sauter. Il plie de nouveau le bras, regarde fixement la plus blonde et se passe la langue sur les lèvres. L'idée n'est pas de lui, il a vu faire ça à la télévision. Le serveur s'approche par-derrière. Il a apparemment l'intention de lui mettre des bâtons dans les roues. Il lui fait un clin d'œil pour la seconde fois et lui dit à l'oreille que les deux femmes sont de la gousse, gigot à l'ail et compagnie.

« À ta place, lui conseille-t-il, je ne perdrais pas mon temps. »

Juan éprouve un instant la tentation de l'attraper par le colback, mais il se ravise aussitôt en se disant qu'il est préférable de ne pas faire de scandale. Il n'a strictement rien à foutre des garçons de café mal dans leur peau et de leurs conseils.

La blonde avec le haut bleu – c'est-à-dire celle des deux qui lui plaît le plus – le regarde encore une fois dans les yeux et hausse les sourcils en même temps. Juan hausse les siens, lui aussi, et, tout en sachant qu'elle ne risque pas de le comprendre, lui répète qu'à cette époque de l'année un rhume est plus mauvais qu'en hiver.

« Rhume, rhume », répète-t-il en faisant semblant de se moucher.

« Hi ! hi ! » rient les deux femmes, en le voyant se moucher dans un mouchoir invisible.

Avant, elles ont échangé un regard complice et Juan comprend qu'il a affaire à ce type de touristes qui travaillent en équipe.

Tout lui semble soudain si facile qu'il en perd l'inspiration et ne sait plus comment continuer. La seule chose qu'il trouve à faire, c'est une flexion du bras.

« Dynamite », dit-il en se palpant le biceps.

Le serveur rapplique en faisant une sale gueule. Il est un peu monté sur ses ergots et lui dit que le patron de la buvette n'aime pas trop que des mecs dans son genre viennent chez lui draguer les clientes.

« Ah bon ? répond Juan. Alors qu'il vienne me le dire lui-même. »

Il se lève et serre les poings. Le serveur, qui ne lui arrive pas à l'épaule, se défile et disparaît sans avoir fait ouf. Les blondes comprennent qu'il y a de l'eau dans le gaz et se lèvent. Elles devinent que Juan n'aime pas qu'on lui marche sur les pieds et ne veulent pas avoir d'histoires.

« Attention aux rhumes d'été », leur conseille Juan une dernière fois en clignant de l'œil.

C'est sans espoir. Les Allemandes – car, en dépit de ce que lui a dit le garçon, ce sont des Allemandes – s'excusent d'un sourire et s'en vont. Elles enfilent l'une des rues qui montent vers l'église et Juan leur emboîte le pas. Il ne veut pas les laisser échapper. Pendant les premiers mètres, il tient la distance, mais quand elles accélèrent, il reste à la traîne et les perd de vue.

4

Il retourne à la pension et Blas, qui le voit arriver par la fenêtre, l'accueille dans le vestibule et l'invite à entrer dans la salle à manger. Il a mis son dentier, ce qui lui donne un air un peu plus jeune.

« Voilà, voilà », soupire Juan en se passant la main sur le front et en se laissant tomber sur la chaise où il était assis deux heures avant.

Il promène son regard autour de lui et, quand il tombe sur le ficus, il a l'impression que ce dernier les écoute.

« Je suis rentré prendre une douche », se justifie-t-il auprès du vieux.

Blas le regarde dans les yeux et essaie de deviner ce qu'il lui dit.

« Très chaud », ajoute Juan, en évitant de trop hausser la voix.

Blas n'entend toujours rien et choisit de sourire Un sourire, c'est toujours une réponse intelligente. Il appelle Carmen, qui chantonne dans la cuisine, et lui dit d'apporter la bouteille d'anis. Juan refuse l'invitation et Blas, qui est fine mouche et sans doute un peu sorcier, devine que son jeune hôte craint le poison. Il se tait pendant quelques instants puis lui explique que les fourmis, en plus de mandibules très acérées, sont équipées de venins mortels.

Il dit aussi que les fourmilières sont toujours en état de guerre, surtout quand la nourriture se fait rare, que les fourmis s'offrent entièrement à la patrie et que seules les reines ont la possibilité de se retrouver enceintes.

C'est la première fois de sa vie que Juan entend dire que les fourmis ont aussi une patrie et, surtout, qu'elles peuvent se retrouver enceintes. Mais tout ce qui compte, c'est qu'il a compris l'essence du propos de Blas : que les reines sont les seules femelles dans toute la fourmilière qui soient capables d'assurer la continuité de l'espèce.

« Ce sont aussi les seules à avoir des ailes », ajoute le vieux.

Il s'agit d'une information très précieuse qui lui sera peut-être utile un jour, mais Juan s'excuse d'un sourire et se passe de nouveau la main sur le front, comme s'il s'essuyait la sueur, pour faire comprendre au vieux que la seule chose qui l'intéresse à l'heure qu'il est, c'est de prendre une douche.

De retour à sa chambre, cependant, les mandibules des fourmis lui trottent encore dans la tête.

Une chose est certaine, se dit-il, tandis que l'eau lui tombe avec force sur la tête et descend le long de son dos et de sa poitrine jusqu'à ses jambes. Les reines ne pourraient pas se reproduire si les prolétaires ne les fécondaient pas.

Il va pour sortir nu sur le balcon et se sécher au soleil, puis se ravise. Il ne veut pas scandaliser le voisinage. Il pourrait parier qu'il y a des femmes qui l'épient de derrière les persiennes. Peut-être même ont-elles mis leurs pots de fleurs aux fenêtres pour mieux l'espionner sans être vues.

Il s'allonge sur le lit, le regard au plafond, et observe la tache d'humidité. Ce matin, en la voyant pour la première fois, il a pensé qu'elle avait la forme d'un cœur. Il lui semble maintenant qu'elle est en forme de poire. Il ferme les yeux et se rappelle la légende des fourmis chercheuses d'or.

À trois heures pétantes – juste au moment où sa montre se met à grelotter –, il saute du lit et commence à s'habiller. Il choisit cette fois son pantalon bleu marine et sa chemise bleu électrique. La même couleur, mais dans deux tons différents. Il descend dans le vestibule, passe la tête par la porte de la salle à manger et dit au revoir à Blas, toujours assis dans son fauteuil d'osier.

« Marchez à l'ombre », lui conseille le vieillard.

Juan dirige ses pas directement vers le boui-boui qu'il a repéré ce matin, non loin de l'arrêt de car. Il s'assoit près de la porte et dit au serveur qu'il a l'intention de passer ici les sept prochains jours et que, s'il est bien soigné, ce restaurant où il se trouve s'est fait un client assuré pour le restant de la semaine. Le serveur, qui a les cheveux teints en bleu, hausse les épaules. Il dit qu'ici la cuisine est bonne mais que, dans la vie, tout est toujours une question de goût.

« C'est aussi mon avis », lui répond Juan.

Il consulte la carte et fronce les sourcils. Trop de plats. Il a toujours eu horreur de choisir. Il se décide pour le potage aux pois chiches et l'omelette aux oignons et, en attendant, reste en contemplation devant les jambons qui pendent du plafond.

Le garçon monte sur une chaise et allume la télévision. C'est l'heure du journal télévisé et il veut savoir ce qui se passe dans le monde. Une jeune femme blonde se met à parler d'une guerre lointaine. Dommage qu'elle ait les yeux noirs. Ensuite, comme s'il y avait un lien de cause à effet, retransmission du dernier coup d'une partie de golf. La balle décrit dans le ciel bleu une longue parabole, roule sur le gazon vert et finit par entrer dans le trou.

La présentatrice refait son apparition, pour parler maintenant d'un tremblement de terre qui a détruit la ville de P, dans le lointain État du Bénouchistan. Juan a la certitude qu'aucun des clients attablés dans le boui-boui ne sait où se trouve le Bénouchistan, mais pas un ne manifeste le moindre désir de le savoir. La caméra recule, donne un plan général du studio et l'on peut se rendre compte alors que la présentatrice est légèrement anorexique.

« Le plus terrible, commente Juan à l'homme assis à sa droite, c'est qu'on n'a pas trouvé le moyen de prévoir les tremblements de terre. Ils se déclenchent au moment où on les attend le moins, font dégringoler un tas de maisons et point barre. »

L'homme ne répond pas et Juan remballe sa marchandise. Manifestement, cet individu n'a pas envie de parler. Juan le regrette et a le sentiment qu'ils auraient pu passer un agréable moment à discuter de tremblements de terre ou autre.

Le fauteuil d'osier est vide. Blas fait la sieste dans sa chambre. Nulle trace non plus de Carmen. Silence. Le ficus respire rythmiquement dans la solitude. À quoi pense-t-il ? Mystère. Alberto lui a raconté que sa mère avait un ficus qui pleurait des nuits entières parce qu'il aurait voulu être en plastique.

Juan monte dans sa chambre, ferme la porte au verrou, ôte sa chemise bleue et la suspend derrière la chemise saumon. Il suspendra désormais toutes les chemises qu'il ôtera à la suite de sa chemise saumon, en prenant soin qu'elles ne se touchent pas entre elles.

Elle n'est pas mal du tout, cette idée qui lui est venue tout à l'heure. Par ce simple moyen, il saura d'un seul coup d'œil quelles sont les chemises qu'il a mises et quelles sont celles qui lui restent à mettre.

Carmen, sur ces entrefaites, commence à chanter dans la cuisine. Elle chante uniquement pour que je l'écoute, pense-t-il. Il plisse les yeux à demi, prend un peu de recul et toutes les chemises se confondent et forment une seule tache multicolore. La question des chemises le préoccupe chaque jour un peu plus. Juan n'est pas de ces hommes qui, lorsqu'ils quittent une chemise, la mettent dans la machine à laver et l'oublient.

« Regarde la chemise d'un homme, tu verras sa conscience », lui rappelle souvent sa mère.

La pauvre femme n'a plus la tête très solide. Elle dit parfois des choses assez bizarres. Peut-être que je deviendrai comme elle, se dit Juan quelquefois.

Il va pour se remettre sous la douche, mais il sent l'omelette qui lui pèse sur l'estomac et craint de se couper la digestion. Il se contente donc de se laver les mains. Deux jours avant, il s'est mis de l'encre plein les mains avec le stylo d'Alberto – qui le lui avait probablement prêté exprès – et les a lavées un nombre incalculable de fois depuis, mais une ombre bleutée persiste encore entre l'index et le pouce. On ne peut pas dire qu'elle se voie beaucoup, d'aucuns ne la distingueraient même pas, mais Juan sait qu'elle est là et il en est agacé.

Ma mère non plus n'aimerait pas ça, se dit-il.

Il s'allonge sur le lit, ferme les yeux et pense aux touristes de la buvette, surtout à celle au petit pull bleu.

Et on serait tous les deux bien serrés l'un contre l'autre dans ce lit et on resterait un long moment les yeux fermés, chacun écoutant la respiration de l'autre, ce serait merveilleux, songe-t-il. Deux petites machines synchronisées, aspirant et expulsant l'air en même temps.

En plus, la fille au petit pull bleu est blonde et elle a les yeux bleus. Ce sont celles qu'il préfère.

« À ta place, lui a dit un jour Alberto, j'irais voir un docteur. » Juan lui avait répondu qu'il préférait les blondes parce qu'on dirait qu'elles ne perdent jamais tout à fait leur innocence et qu'en les regardant on a l'impression qu'elles ne finissent jamais d'être jeunes.

Quelqu'un cogne à la porte. Trois coups précipités et un plus fort. On dirait un code. Blas voudrait savoir s'il a trouvé des fourmis dans sa chambre. Et tout ça d'une voix naturelle, comme s'il lui demandait si le facteur est passé.

« Absolument pas, répond Juan. Elles n'ont pas donné signe de vie pour l'instant. »

Le vieillard paraît un peu déçu. Il s'éloigne dans le couloir en grommelant et Juan ferme les yeux et s'endort doucement. Il s'éveille à sept heures, va encore prendre une douche et, tandis que l'eau lui tombe sur la tête, pense qu'il est dommage qu'on ne puisse se laver aussi à l'intérieur.

5

Il se remet au lit et contemple de nouveau la tache au plafond. Il se retourne ensuite sur le côté et inventorie du regard tout ce qu'il a posé le matin sur l'autre plumard : deux clés, un carnet avec une couverture bleu turquoise, un autre carnet à couverture rouge, un stylo-bille rouge, un autre stylo-bille bleu, de la monnaie, un tube d'aspirine, ses lunettes de soleil, sa montre et son portable, qui est jaune poussin.

Il y a aussi son transistor et un de ces appareils qu'on achète dans les pharmacies et qui servent à mesurer le sucre qu'on a dans le sang sans avoir à sortir de chez soi. Dans l'étui, il range aussi la lancette pour se piquer le bout du doigt et le petit tube contenant les bandelettes réactives.

On lui a dit au dispensaire quinze jours plus tôt qu'il avait un taux de sucre trop élevé et on lui a recommandé de le mesurer lui-même deux fois par jour. Depuis lors, il se pique tous les jours, laisse tomber ensuite une goutte de sang sur la bandelette puis introduit la bandelette dans la fente du doseur. Au bout d'une minute, le résultat apparaît sur l'écran. Cet après-midi, il a cent quatre-vingt-douze milligrammes.

Il devrait prendre un peu plus d'exercice et surveiller ce qu'il mange. C'est ce qu'on lui a conseillé. Il note la date et le résultat sur son carnet à couverture rouge et s'allonge sur son lit encore une fois. Il laisse flotter son imagination et tue le temps en songeant à une triste histoire dans laquelle il est seul héros et seule victime.

Supposons pour voir, se dit-il, que les fourmis arrivent, que la capitaine des fourmis goûte mon sang et qu'elle le trouve exquis. Que se passerait-il alors ?

Ce n'est pas difficile à imaginer. Le bruit court, se répand, l'armée de fourmis se jette sur lui pendant son sommeil et le dépèce en un clin d'œil.

Dans ce cas, se demande-t-il, qui prendrait la peine de mettre dans une petite boîte ce qui resterait de mon corps ? Qui se chargerait d'enterrer mes os dans un cimetière ? Qui porterait ensuite quelques fleurs sur ma tombe ?

Supposons, songe-t-il encore, que Blas et sa nièce entendent mes appels au secours.

Quelle aide pourrait-il attendre d'un vieillard qui demande l'autorisation à une jambe pour avancer l'autre ? Quelle aide pourrait-il recevoir de Carmen, qui le fusille des yeux comme s'il était responsable de ce qu'elle porte moustache ? Pendant combien de temps n'aurait-elle plus le cœur à fredonner ?

Il s'apitoie sur lui-même et sent ses yeux se mouiller de larmes. Il a encore une question à se poser : est-ce la faute des hommes si les fourmis font ce qu'elles font ?

Ce que j'aimerais le plus, se dit-il ensuite, c'est d'avoir à mes côtés une femme qui m'ôterait les fourmis de dessus en échange d'un long baiser d'amour.

Sept heures et demie du soir. Il allume son transistor et écoute les nouvelles. Personne ne semble plus se souvenir du tremblement de terre au Bénouchistan. Aux oubliettes, le Bénouchistan. Trop de choses se sont passées dans le monde au cours des quatre dernières heures et il n'y a pas assez de temps pour les raconter toutes. La seule chose qui préoccupe maintenant les gens de la radio, c'est une grève des aiguilleurs du ciel qui paralyse le trafic aérien de la moitié de la planète.

Qu'ils aillent au diable, les avions. Il y a belle lurette que Juan se refuse à monter là-dedans. Les avions explosent en l'air et les voyageurs n'ont même pas le temps de faire leur examen de conscience. Ils n'ont même pas le temps de se laver les mains, autrement dit.

Exit les contrôleurs aériens, voilà que surgissent sans transition les accords d'un boléro et Juan augmente le volume du transistor. Le boléro lui donne à chaque fois envie de danser. Il ferme les yeux et s'imagine dansant avec l'Allemande au petit pull bleu. Il sent la main droite de l'Allemande lui frôler le cou. Étrangement, elle allonge un doigt et son ongle cherche avec obstination sa jugulaire.

Je danse avec la femme vampire, songe-t-il.

La musique s'arrête, il saute du lit et ouvre en grand la porte de l'armoire. Il reprend le pantalon bleu marine qu'il a mis ce matin, mais remplace sa chemise bleu électrique par la vert émeraude.

Voyons voir, se dit-il en se plantant devant la glace de la salle de bains. Ce matin, je suis arrivé au village avec une chemise vert foncé, ensuite j'ai mis la saumon, ensuite la bleu électrique et maintenant la vert émeraude.

En un seul et même jour, trois chemises de trois couleurs différentes. C'est ce qu'on peut appeler des vacances qui commencent bien. Pendant qu'il se regarde dans le miroir, il est pris, comme à chaque fois, d'un doute : doit-il ou non boutonner tous les boutons, y compris celui du col, ou bien laisser les trois boutons du haut déboutonnés et la chemise ouverte sur les poils de la poitrine ?

Il décide de laisser déboutonnés les deux boutons du haut, mais aussitôt après il est pris d'un autre doute.

Comment vais-je me coiffer ? se demande-t-il. Avec la raie, la raie sur le côté, ou bien tous les cheveux en arrière, pour me dégager le front ?

Certains matins, quand il a mauvaise mine, il se fait la raie au milieu, et c'est exactement ce qu'il fait aujourd'hui.

« Je suis bien ? » demande-t-il à sa mère, comme si elle était à côté de lui.

Si elle pouvait le voir maintenant, elle lui dirait sûrement qu'il lui arrive d'être mieux, ne serait-ce que parce qu'elle n'aime pas le vert. Une mère, cependant, peut se tromper elle aussi, toute mère qu'elle est. Il descend l'escalier en sifflant et, parvenu dans le vestibule, passe la tête par la porte de la salle à manger et dit à Blas que les fourmis sont toujours de sortie.

« Ne vous y fiez pas trop, elles sont capables de débouler quand on les attend le moins », le prévient le vieux du fond de son fauteuil d'osier.

Juan hausse les épaules. Il a de la peine à admettre que quelque part dans la maison se concentre en ce moment une armée de fourmis assassines. Il se peut que Blas ait inventé ces fourmis pour mettre un peu de mystère dans sa vie.

« Quand on les attend le moins », répète le vieillard.

Juan lui fait un clin d'œil et répond que, lorsqu'elles arriveront, il les recevra comme elles le méritent. Dans sa belle chemise verte, il se sent pléthorique. Il sort dans la rue et se dirige rapidement vers le centre. Il arrive cette fois à un total de trois cent soixante-trois pas. Il fait deux ou trois fois le tour de la place, comme les avions qui se préparent à atterrir, et entre enfin dans la buvette.

Il s'assoit à la terrasse du côté de la mer et regarde le croissant qui vient de se lever derrière l'horizon. Il ne sait jamais quand la lune est dans sa phase croissante ou décroissante. Il pose la question au garçon qui ne le sait pas non plus.

« Pas la moindre putain d'idée », lui répond-il, en se frappant un petit coup sur le nez avec son doigt, comme si c'était de sa faute.

Sur la terrasse, il y a quelques femmes seules. Il commande une chope de bière et la boit d'un trait. Il en recommande deux autres et, après avoir bu la deuxième, commence à se sentir un peu plus dans l'ambiance. Il tourne les yeux vers la droite et découvre les deux blondes en compagnie d'une brune.

Il lève sa chope à leur santé et elles répondent en levant elles aussi leur chope. Il va s'asseoir à une table voisine de la leur et demande à la brune si elle sait pourquoi certaines gens appellent la lune Catalina. La brune sourit. Elle est trop grosse et la graisse lui fait deux bourrelets autour du cou. Elle dit que c'est idiot d'appeler la lune Catalina, et que c'est tout aussi idiot d'appeler le soleil Lorenzo. Quand elle a fini de parler, Juan lui demande si la lune est en phase croissante ou décroissante.

« En phase croissante », répond-elle.

Juan s'inquiète de savoir comment elle peut en être si sûre et elle le lui explique : quand la lune est décroissante, elle fait le *c* de croître. Quand elle fait le *d* de décroître, elle est croissante. C'est une règle qui ne rate jamais.

« Vous m'en direz tant, soupire Juan, qui cherche à faire son boute-en-train. C'est sans doute le moyen qu'a trouvé la lune pour tromper les hommes. »

La brune réplique que la lune, qu'on le veuille ou non, trompe aussi les femmes. Elle traduit tout ce qu'elle vient de dire à ses amies, et elles éclatent de rire toutes les trois ensemble. Juan s'enhardit et commande au garçon une quatrième chope.

« C'est vrai que la lune est un peu effrayante », souffle-t-il.

La blonde, qui avait ce matin un court tricot bleu, porte maintenant un chemisier vert. Juan regrette de ne pas pouvoir lui parler directement. La brune voudrait savoir pourquoi la lune est un peu effrayante, et Juan répond qu'il n'aime pas le rouge.

« Qu'avez-vous contre le rouge ? » lui demande alors la brune, qui porte un chemisier rouge.

Juan n'a pas l'intention de se dédire. Il précise qu'il n'a pas dit qu'il n'aimait pas le rouge en général, mais qu'il n'aimait pas le rouge de la lune.

« Personnellement, je n'ai rien contre le rouge, lequel est une des couleurs simples de l'arc-en-ciel, ajoute-t-il pendant que le garçon lui sert sa bière.

Le rouge vif n'est-il pas l'expression des plus beaux sentiments d'un cœur ardent ? »

Ayant parlé, il regarde directement sa blonde préférée.

« Le rouge, poursuit-il, se rappelant ce qu'il a appris par cœur deux jours plus tôt, est le symbole de l'esprit de lutte qui se serait mis au service de l'idéal le plus haut. »

La brune hoche la tête en signe d'acquiescement. Elle lève sa chope jusqu'à ses lèvres et, quand elle la repose, il lui reste un peu de mousse autour de la bouche.

« Pourquoi ne traduisez-vous pas ce que je viens de dire à vos amies ? » lui demande Juan.

Il voudrait surtout faire comprendre à la blonde qu'elle n'en trouvera jamais deux dans ce village qui en sachent autant que lui sur les couleurs.

« Chaque couleur, poursuit-il avant que la brune ait pu lui répondre, a un sens double. Un sens divin et un autre sens infernal.

— Infernal ? Je ne vois pas pourquoi », proteste la brune tandis que les blondes bâillent.

Juan lui explique que le rouge est aussi bien le symbole de l'amour divin que le symbole de l'égoïsme et de l'amour infernal.

« Sinon, comment expliquer que le diable soit toujours habillé de rouge ? »

Les blondes échangent un regard complice et se mettent tout de suite d'accord. Elles se lèvent, disent à la brune quelque chose qui ressemble à une excuse et s'en vont. Juan est désespéré.

« Demandez à votre amie si elle est guérie de son

rhume, dit-il à la brune. Demandez-lui aussi si elle reviendra bientôt. »

6

Elle n'en a pas le temps. Les blondes s'éclipsent et Juan se retrouve seul avec la brune. Elle se rapproche de lui et lui demande d'où il tient sa science sur les couleurs.

« Je lis », répond Juan, qui n'a plus envie de bavarder.

Au bout d'un moment, il se lève et retourne à la table où il était assis tout à l'heure et qui est toujours libre. Il se fiche éperdument de ce que peut penser la brune qui est restée le bec dans l'eau. La nuit est tombée et sa chemise luit maintenant comme si elle était fluorescente. La lune est à deux doigts au-dessus de la mer et les premières étoiles se sont allumées. À cette heure tardive, les mouettes sont allées dormir.

Il retourne au boui-boui aux jambons, commande un steak grillé et le serveur aux cheveux bleus s'inquiète de savoir s'il préfère son steak cuit ou saignant. Question des plus normales, mais Juan veut faire de l'esprit encore une fois et demande s'il a une tête à manger de la viande crue.

Voyons voir l'interprétation qu'il va faire de ma réponse, se dit-il. Il peut me servir un steak trop cuit comme me le servir saignant.

Les réponses ambiguës sont excitantes parce que

nous ne savons jamais d'avance comment elles seront interprétées. Il lève les yeux vers la télévision et se retrouve nez à nez avec la blonde aux yeux noirs qui parlait cet après-midi du tremblement de terre du Bénouchistan. Elle s'en prend maintenant aux fleurs exotiques. Bizarre d'entendre parler d'orchidées au milieu de tous ces jambons.

Quand le serveur arrive avec le steak, Juan lui demande s'il connaît les deux Allemandes. Il se pourrait qu'elles soient ses clientes. Si elles sont vraiment ici depuis une semaine, il y a de fortes chances pour qu'elles aient atterri dans cette gargote à un moment ou à un autre.

« Ce sont deux blondes assez mûres qui se promènent toujours ensemble », dit-il.

Le serveur hausse encore les épaules et cligne des yeux plusieurs fois de suite. C'est sans doute sa façon de dire qu'il ne les a pas vues.

Le plus embêtant, c'est qu'il lui a servi son steak à moitié cru. Inutile de protester, se dit Juan. Il coupe sa viande en une demi-douzaine de morceaux et, sur l'écran, la présentatrice lui fait un clin d'œil, comme pour le féliciter de son adresse dans le maniement du couteau. Il finit de dîner mais ne se lève pas de table, attendant qu'elle lui adresse un autre clin d'œil, cependant le serveur lui fait remarquer que les gens attendent.

« S'il ne tient qu'à moi, il peuvent continuer à attendre », répond Juan.

Mais pour qu'il arrête de lui pomper l'air, il commande au serveur un carafon, dit *porrón* dans ces terres, de rouge et une serviette pour ne pas tacher le devant de sa chemise. Il boit à la régalade, selon les mœurs du pays. Le mélange de vin et de bière commence à faire son effet et la mignonne de l'écran lui décoche encore une œillade.

Je suis le roi du mambo, se dit Juan en levant le porrón.

Il ne se fait pourtant guère d'illusions. Il y a danger à faire confiance aux femmes qui vous décochent des œillades à jet continu. Et d'ailleurs, cette fausse blonde n'est pas du tout son genre. Si c'était l'Allemande qui lui avait fait un clin d'œil, ce serait autre chose.

Où sont-elles, maintenant, toutes les deux ? Allez savoir ! Il se peut qu'elles soient assises sur un rocher et contemplent la mer en se rappelant quelque amour perdu. Mais il se peut aussi qu'elles soient au plumard avec un gigolo.

Il sort de la taverne et se balade dans le coin. Il fait une demi-douzaine de bars, mais ne trouve nulle part les deux Allemandes. Il retourne à la buvette, commande un double cognac et regarde longuement les gens entrer et sortir. Ils font tous à peu près la même chose : ils entrent par la porte de la place et sortent par celle de la plage, puis réapparaissent au bout d'une minute à la porte de la place et ressortent par celle qui donne sur la mer. Certains recommencent même l'opération plusieurs fois, comme s'ils cherchaient quelque chose qu'ils ne trouvent pas.

Un peu après minuit, il rentre à la pension, ayant formé le projet de se prendre une ixième douche Blas regarde la télévision, mais la porte de la salle à manger est ouverte et il sort pour le recevoir. Le ves tibule est dans le noir et ils ne peuvent pas voir la tête qu'ils font, mais il suffit au vieux de sentir son haleine.

« C'est maintenant qu'il vous faudra faire le plus attention », lui souffle-t-il.

Et il lui explique ensuite que les fourmis rappli quent quand les ivrognes sont endormis et ne peuvent pas se défendre.

« Je ne trouve pas que ce soit très sympa », remarque Juan en pressant en même temps ses tempes avec le gras de ses pouces.

Blas hausse les épaules.

« Sympa ou non, c'est comme ça », dit-il. Puis il explique que les fourmis ont des étables souterraines et entretiennent dans leurs fourmilières des grillons qui doivent chanter et leur rendre la vie plus joyeuse.

« Je ne suis pas rentré pour entendre vos histoires à dormir debout, si vous voulez savoir », lui dit Juan.

Blas lui prend le bras et le conduit jusqu'à la chambre de sa nièce. Carmen dort la tête sous l'oreiller et les jambes à l'air.

« Regardez là-bas », dit Blas en lui montrant la fenêtre.

Juan aperçoit les fourmis qui entrent à flots par la fenêtre entrouverte.

« Ce sont elles, déclare le vieillard. Cette nuit, elles ont choisi d'entrer par cette fenêtre, mais d'autres jours elles le font par la cheminée. Elles vont probablement monter depuis ici jusqu'à l'étage du dessus. »

Juan se frotte les yeux et les fourmis disparaissent. Pas la peine de s'inquiéter pour si peu. Il sait que l'alcool, comme l'amour, agite sous nos yeux des choses qui n'existent pas. Il ne veut pas que Blas aille s'imaginer qu'il a peur et il lui en sort une bonne.

« Si ça se trouve, je vais avoir de la veine, pour une fois, et les fourmis préféreront se taper les Suédois », dit-il.

Blas lui rappelle qu'il est le seul client de la pension.

« Ah ! Ah ! » rit Juan.

Il laisse Blas en contemplation devant les fourmis invisibles et monte à sa chambre. Rien n'a bougé depuis qu'il l'a quittée. Il reste un long moment sous la douche, remet sa même chemise verte, repart dans la rue, entreprend le comptage de ses pas et en trouve trois cent cinquante-cinq, c'est-à-dire dix de moins que la première fois. Quand il arrive sur la place, il croise les deux Allemandes avec le serveur camard et court sur pattes de la buvette. Ce petit salopard leur donne le bras, une de chaque côté, et marche en bombant le torse. Il ne leur arrive pas à l'épaule, mais il paraît dominer la situation.

Juan se cache derrière un tronc d'arbre, les laisse passer, puis les suit de loin. Il veut savoir où ils vont. À cette heure tardive, il ne reste plus grand monde dans les rues et l'air sent la friture. D'un bar sortent les accents d'une guitare et la lune sourit au-dessus de la mer. Juan se rappelle maintenant, pendant que le serveur pelote le postérieur des deux touristes, qu'Alberto lui a juré et rejuré une fois que, dans les nuits telles que celle-ci, les poulpes grimpent sur les rochers qui sont proches du rivage pour écouter les Gitans jouer de la guitare dans les buvettes.

Qu'est-ce qui est plus bizarre ? se demande-t-il maintenant. Les fourmis qui attaquent les clients d'une modeste pension de famille pendant qu'ils dorment à poings fermés ou les poulpes qui grimpent sur les rochers pour écouter les Gitans guitaristes ?

Il n'a près de lui personne pour lui répondre, mais qu'à cela ne tienne, la solitude a ses avantages, et parmi eux cet avantage premier qui est qu'on se répond ce qu'on veut.

Sur la pointe des pieds, il suit le serveur et les deux femmes. Le serveur dit quelque chose et la blonde au pull bleu éclate de rire. Pétés comme ils sont, seraient-ils suivis par un escadron de cavalerie qu'ils ne s'en rendraient même pas compte. Ils avancent en titubant, mais, quand ils passent dans des endroits obscurs, ils stationnent. Ils entrent enfin dans une maison à un étage et Juan reste planté au coin de la rue, à se demander ce qu'il a de mieux à faire. Deux minutes après, le serveur apparaît à la fenêtre. Il a ôté sa chemise et sans doute aussi son pantalon, mais Juan ne peut pas en avoir le cœur net parce que l'appui de la fenêtre lui arrive à la taille. Le serveur ferme les volets, on entend crier une des deux femmes, rire l'autre, et Juan serre les dents.

« Qu'ils aillent se faire mettre chez les Grecs », murmure-t-il.

Il s'assoit au bord du trottoir et pense aux tours que la vie nous joue quelquefois. Son regard se porte au bout de la rue et Juan croit distinguer dans les ténèbres l'avancée d'une puissante armée de fourmis, qui progresse lentement. Ce ne sont que visions fantastiques, mais il vaut mieux ne pas tenter le diable et il retourne à la buvette où il se fait servir un double cognac. Le garçon lui apporte un verre de plastique parce qu'il est deux heures du matin, heure à laquelle les verres verres sont retirés de la circulation.

Sont fermées aussi les deux portes de la buvette (celle du côté de la mer et celle de la place) et éteintes les lumières, mais Juan reste à la terrasse. Dans la nuit, la mer s'attire le respect, plus que pendant la journée. On l'entend respirer rythmiquement si on la distingue à peine. La lune, très haute, ne se reflète plus dans l'eau, mais les poissons qui se meuvent dessous n'ont pas besoin de lumière et savent trouver leur voie même en pleines ténèbres.

Ce qui me fait le plus chier, pense-t-il, c'est que ces porcs m'aient pris pour un abruti.

« Regardez, voilà l'imbécile aux couleurs, pourrait dire le serveur aux deux femmes, en le montrant du doigt. Il est là, c'est lui, le pauvre mec qui passe huit heures par jour à classer des factures qui filent direct, après, dans l'incinérateur. »

Il éprouve un instant la tentation d'entrer dans la mer et de marcher jusqu'à ce qu'il n'ait plus pied. C'est encore une de ces idées idiotes qui nous viennent de temps en temps. Il pense ensuite qu'il ne devrait pas prendre la vie tellement à cœur. Rira bien qui rira le dernier. Ce dont il a la certitude, c'est que jamais au grand jamais il ne renoncera aux couleurs.

« Vive les écarlates ! hurle-t-il, même si le hurlement lui reste dans la gorge. Vive les verts, les bleus et les jaunes ! »

À l'horizon, de la gauche vers la droite, avancent lentement une demi-douzaine de lumières. Elles traversent la baie et s'éloignent petit à petit vers la haute mer. Il ne doit pas être agréable non plus pour les pauvres sardines de sortir la tête de l'eau et de voir approcher ces barques assassines.

Il ferme les yeux, se caresse les paupières du gras du pouce et, quand il les rouvre, il ne compte plus que trois lumières. Trois barques, par conséquent, ont disparu, mais les autres continuent à flotter au-dessus des grands bancs de sardines argentées et de tous les monstres sans nom qui reposent au fond de la mer et attendent l'occasion qui fait le larron.

Il s'endort et, à son réveil, il ne voit plus personne autour de lui. Ils sont tous allés se coucher. Ça joue les grands noctambules et, pour finir, tout ce petit monde part au lit, y compris les plus récalcitrants. Les lumières des trois barques survivantes ont disparu, elles aussi. Le clocher de l'église laisse tomber deux tintements de cloche, mais il ne sait pas si c'est pour trois heures et demie, quatre heures et demie ou cinq heures et demie. Cinq heures et demie, probable, car on dirait que le ciel commence à s'éclaircir du côté où le soleil se lève.

7

Blas est assis dans la rue, devant la pension. Il ne pouvait pas dormir et il est sorti prendre le frais et regarder le jour se lever. Juan sort une chaise du vestibule et s'assoit à côté de lui. Le vieux soupire et lui confie qu'en dépit de son âge il aime encore voir le soleil se lever sur la mer.

« C'est tellement beau, on ne s'y habitue jamais », murmure-t-il.

Juan aussi aime bien voir le lever du soleil. Peu avant que le soleil apparaisse derrière l'horizon – c'est-à-dire juste quand le ciel commence à pâlir –, même les plus pessimistes peuvent se faire quelques illusions. Penser encore que le jour qui commence sera meilleur que tous ceux qu'ils ont déjà vécus.

Il tend ses deux jambes, cale les talons sur le sol, se penche en arrière et demande au petit vieux des nouvelles des fourmis. Blas préfère aborder un autre sujet. Il lui raconte qu'hier soir il a passé un long moment à regarder la lune de la fenêtre de sa chambre et qu'il en a conclu qu'elle n'avait pas changé au cours de ces quatre-vingts dernières années.

« Elle a exactement la même tête, cette grosse pétasse », marmonne-t-il.

Juan lui demande pourquoi il a traité la lune de grosse pétasse. Blas cherche une réponse, mais, n'en trouvant pas, se défile et dit que, quand il était gamin, il se l'astiquait entre deux cailloux.

« Là non plus, je ne comprend pas », dit Juan en faisant l'innocent.

Blas ne tient pas à entrer dans les détails. Il se contente de hocher la tête de haut en bas, en se rappelant le bon vieux temps, et Juan n'insiste pas.

« Bon, bon, alors parlez-moi de vos fourmis préférées », lui demande-t-il.

Blas l'entend plutôt bien, à cette heure, et il n'a pas besoin de hausser la voix. Le vieil homme réfléchit quelques instants puis dit qu'elles ne sont plus dans la chambre de Carmen.

« Elles sont parties, soupire-t-il, mais elles reviennent toujours au moment où l'on s'y attend le moins. »

Il n'a pas la moindre idée de l'endroit où elles sont pour l'instant. Elles peuvent être aussi bien près que loin.

Il reste silencieux pendant quelques secondes et, de temps en temps, du gras du pouce, réajuste son dentier. Il lui arrive de mettre ses dents, mais il a du mal à s'habituer aux crochets. Il regarde Juan dans les yeux, mesure son degré d'ébriété et, le trouvant raisonnablement calme, lui explique que les fourmis qui pullulent chez lui sont plus grosses que les fourmis communes et avancent presque à la vitesse d'un homme au pas.

« On dirait que vous les connaissez très bien, murmure Juan.

— Aussi bien que vous les couleurs, répond le vieillard. Vous, vous avez les couleurs et moi je les ai, elles. »

Il ne laisse pas d'être étrange, cependant, qu'il ait retrouvé au cours des dernières minutes une grande partie de l'audition. Encore de ces surdités qui vont et viennent. On remarque facilement, d'ailleurs, que le vieux éprouve pour les fourmis non seulement un profond respect, mais encore une grande admiration.

« Minute papillon, l'arrête Juan, les couleurs et les fourmis sont deux choses qu'on ne peut pas comparer. Les fourmis tournent autour de nous, agitent leurs antennes et remuent leurs mandibules. Elles sont menaçantes. Les couleurs, au contraire, demeurent immobiles autour de nous et nous aident à supporter la vie.

— Vous, on ne peut pas dire que vous ayez la langue dans votre poche, dit Blas.

— Tout ce que nous avons à faire, poursuit Juan, tandis que le vieillard rajuste son dentier, c'est de choisir les couleurs qui nous plaisent le plus et de les faire entrer ensuite au-dedans de nous par le regard. »

Ce qu'il vient de dire – certes avec d'autres mots –, c'est que les couleurs s'offrent à nous comme une possibilité de perfectionnement intérieur et que les gens qui prétendent réduire toutes les couleurs du monde à une seule tache grise sont dans l'erreur complète.

« Ça, vous pouvez en être sûr », conclut-il.

Autant de paroles qui impressionnent Blas. Il regarde son client pendant quelques instants puis il hausse les épaules.

« Je n'arrive pas à comprendre, dit-il, qu'on emploie un garçon aussi cultivé que vous à classer des factures. »

Juan hausse lui aussi les épaules et explique qu'avant de classer des factures il a fait deux ans d'études de philosophie à l'université, mais qu'il en a eu assez des bouquins et s'est mis à travailler.

« Je n'en parle jamais à personne », dit-il tandis que chante le premier coq de la matinée.

Blas se demande quelle est sa couleur préférée et conclut qu'il n'en a pas une seule, mais trois ou quatre. Quelquefois, il préfère le rouge et, d'autres fois, le bleu, mais il y a des fois où il aime aussi le jaune, qui était justement la couleur préférée de sa femme. Une chose en amenant une autre, il fait silence pendant quelques instants puis explique à Juan que sa femme avait de la moustache – encore plus que Carmen –, ce qui n'empêche pas qu'elle lui manque, surtout quand il se réveille en pleine nuit et ne la trouve pas près de lui.

« C'est quand on a le plus besoin d'elles qu'elles meurent », soupire-t-il.

Juan se rappelle qu'il a eu, lui aussi, une tante qui avait de la moustache, mais était en contrepartie un peu chauve du côté du front.

« Elle ne se rasait pas ? » lui demande Blas.

Juan répond qu'elle se raisait, oui, mais que c'était peine perdue, qu'elle en avait autant au bout de deux ou trois jours. Ensuite, changeant de sujet, il lui demande de quoi est morte sa femme.

« Du mal ultime et dernier », répond le vieux, sans entrer dans les détails.

Apparemment, il ne tient pas à se rappeler la maladie qui a emporté sa femme dans la tombe. Le coq de tout à l'heure rechante et Juan pense qu'est venu le moment de se retirer mais, quand il va pour prendre congé, il ne sait plus s'il doit dire bonne nuit ou bonjour et se contente de lever la main droite et de faire le V de la victoire avec l'index et le pouce, et non pas avec l'index et le majeur, comme tout le monde.

Il monte enfin dans sa chambre, mais, au lieu de se coucher, sort sur le balcon et passe un long moment à scruter le firmament. Presque toutes les étoiles ont disparu, sans que l'on puisse dire encore que ce soit le jour. Il finit par se décider à se coucher et dort d'une traite jusqu'à ce que le réveille

Carmen, qui s'est mise à chanter. Elle doit laver le couloir. Il se rendort et, deux heures plus tard, la sirène d'une ambulance le réveille en sursaut.

Voilà, pense-t-il les yeux encore fermés, le grand mystère des ambulances. C'est comme les ficus et les fourmis. Ce sont autant de petites madeleines.

Il saute du lit, se lave les mains à l'eau tiède et au savon et, cette fois, se pique l'annulaire de la main droite. Cent quatre-vingt-cinq milligrammes. Cinq de moins qu'hier. Il n'y a pas de quoi sonner les cloches à toute volée, mais c'est déjà un mieux. Il note le résultat dans son carnet à couverture rouge et pense qu'il est bien bête de se donner tant de mal s'il mange ensuite tout ce qui lui fait envie et boit de même.

Il allume son transistor et écoute les premières nouvelles du jour. Il semble que pas mal de gens aient trouvé la mort dans le tremblement de terre du Bénouchistan, mais les chiffres restent confus. L'homme de la météo, quant à lui, annonce une situation stationnaire. Autrement dit, la chaleur va persister. Puis c'est le tour du spécialiste des sports, qui parle de cyclistes et de classements, et ferme la séquence du journal.

Dans le monde où nous vivons, chacun s'imagine qu'il a son mot à dire, pense Juan.

Il passe sous la douche et ouvre le robinet d'eau froide. Il prend la savonnette et se frotte dans tous les coins et recoins. Il ne laisse pas un seul centimètre de peau tranquille. Il utilise une savonnette que lui recommande sa mère et qu'on ne trouve que dans les pharmacies. Un savon au soufre qui tue tout ce qui bouge. Les microbes les plus affreux peuvent en effet se cacher dans les endroits les plus incongrus, pour y attendre leur heure. Ensuite, tout en se rasant, il pense à Carmen et à la femme de Blas, puis il a comme un flash et est tenté de se laisser pousser la moustache.

Quel a été le premier homme de l'histoire, se demande-t-il, qui a eu l'idée de se raser toute la barbe et de se laisser quelques poils sous le nez ?

Il finit de se raser, se passe la serviette de toilette mouillée sur le visage et observe les poils qu'il a sur ses épaules. Autre question : cette toison signifie-t-elle que je sois plus viril que les autres ?

Les piles de son transistor flanchent et il a du mal à entendre la femme qui donne des conseils pour se protéger la peau et éviter les coups de soleil.

8

Deuxième jour de vacances. Il choisit un pantalon vert bouteille et une chemise jaune, deux couleurs parfaitement assorties. Le vert est la couleur de l'espérance et le jaune la couleur du triomphe et du pouvoir. Aussi la couleur de l'or, et c'est la raison pour laquelle la plupart des factures se font sur papier jaune. À la place de son slip, il a mis un maillot de bain d'un jaune un peu plus clair que celui de sa chemise.

« Jaune veut dire aussi infidélité », se rappelle-t-il.

Hier, il a ôté ses trois chemises (la saumon, la bleu électrique et la verte) pratiquement impeccables. Il se peut qu'elles ne soient plus tout à fait nettes au col, mais les devants sont nickel. En cas de besoin, il pourra toujours les remettre sans arrière-pensée. Il lui reste trois autres chemises qu'il n'a pas encore portées : une blanche, une rouge et une jaune un peu plus foncée que celle d'aujourd'hui.

Il s'approche une nouvelle fois du miroir et reste un moment à se contempler. Il y a des jours où il se trouve plutôt pas mal. Les autres jours, cependant, il lui faut bien admettre qu'il a un œil plus grand que l'autre.

Il fourre sa serviette de toilette et son transistor dans un sac plastique et se dirige vers la place, avec le projet d'aller se baigner devant la buvette.

« Je crois qu'elles reviendront ce soir », le prévient Blas, qui sort lui dire au revoir dans le vestibule.

Évidemment, il pense aux fourmis. Juan répond qu'il les recevra alors comme elles le méritent. Blas l'attrape par le bras et lui explique que ce matin, aux aurores, quand il est resté seul dans la rue, il lui est arrivé des choses qui ne lui étaient jamais arrivées avant.

« Vous me les raconterez ce soir », lui propose Juan.

*

Trois cent soixante-cinq pas. Le même nombre que la première fois. Il a un peu rusé, entre nous soit dit, pour tomber pile. Il entre dans la buvette, s'assoit à sa table de la veille et commande un café arrosé d'une bonne giclée de rhum.

« Vous commencez fort, ce matin », lui dit le garçon.

Ce qu'il a sûrement voulu lui dire, c'est qu'il n'y a pas beaucoup de gens qui se contentent d'un café arrosé au petit déjeuner.

Juan hausse les épaules. Il pense qu'il n'y a rien de tel pour se réveiller que le coup de fouet du rhum mélangé au café. Il sourit en parlant au serveur, mais il est furax, au fond, et trouve inacceptable qu'un garçon se permette de donner son avis sur ce qu'absorbe la clientèle. Peut-être à cause de son nez, qui a tout d'un bec d'oiseau, ce garçon a une drôle de façon d'interpréter son travail. Une fois qu'il lui a servi son café arrosé, il va s'asseoir à une table au coin de la terrasse, croise les jambes, comme un vrai client. À cette heure matinale, c'est plutôt le calme plat. Deux clients seulement, deux vieux du village – peut-être deux pêcheurs à la retraite – qui lisent le même journal. Pendant que l'un des deux lit la première page, l'autre, qui est assis de l'autre côté de la table, lit la dernière.

Où sont passés les touristes ? se demande Juan.

L'un des deux vieux proteste parce que l'autre a baissé les bras peu à peu et qu'il est obligé de se plier en quatre pour arriver à lire. Mais tout s'arrange et aussitôt la situation s'inverse : le vieux qui lisait la première page lit maintenant la dernière et, vice-versa, celui qui lisait la dernière lit maintenant la première.

Le serveur-oiseau, pendant ce temps-là, est toujours assis, et Juan lui dit qu'on ne voit guère de touristes dans les parages. De derrière son comptoir, l'autre serveur leur fait remarquer que c'est la fin du mois et que c'est toujours pareil à cette date-là. Changement de quinzaine, dit-il. Entre hier et aujourd'hui partiront les touristes qui ont terminé leurs vacances le trente et un juillet, mais demain arriveront ceux qui les commencent le premier août.

« Vous ne voyez peut-être pas la foule dans les rues, ajoute-t-il tout en astiquant la machine à café, mais tous les hôtels ont fait le plein.

— C'est vrai, lui demande Juan, qu'il y a des gens qui dorment dans le cimetière ? »

Le serveur de la terrasse met la main à l'entrejambe et lui demande qui lui a colloqué ce bobard. Juan lui répond que c'est Blas, celui de la pension Alouette, qui le lui a dit. Il est connu comme le loup blanc. Le serveur du comptoir dit que Blas travaille un peu du chapeau et qu'il ne faut pas croire la moitié de ce qu'il raconte.

« À moi, il me fait l'impression d'un vieux cochon », remarque Juan.

Le serveur-oiseau continue à se gratter l'entrejambe et dit que la plus cochonne, là-dedans, c'est la nièce.

« Vous la trouvez comment ? » lui demande-t-il.

Juan hausse les épaules. Il ne répond pas. Il a horreur des gens qui essaie toujours de vous tirer les vers du nez et de savoir ce que vous avez fait ou pas fait avec une femme. Il déplace sa chaise et l'oriente face au soleil, puis il arrange sa serviette sur le dossier pour empêcher les vis de lui rentrer dans le dos. Il commande un autre café arrosé, mais le garçon a du mal à se bouger les fesses. En revanche, il continue à se palper l'entrejambe tant et si bien que Juan finit par trouver que ça commence à bien faire et lui demande ce qu'il a, à se tripoter les couilles.

« Ça me gratte », répond-il.

Deux minutes plus tard, il arbore une si sale gueule en lui servant son café que Juan a comme un recul. On a tout intérêt à prendre des gants avec les garçons de café, parce qu'ils ont vite fait, si on les engueule et qu'on leur met le nez dans leur caca, de se venger en plongeant le pouce dans les consommations.

Méfiant, Juan ne touche pas à son café, passe par-dessous la barrière et saute sur la plage. Il se met en maillot, range ses vêtements dans le sac plastique, étale sa serviette à côté de la seule baigneuse qui se trouve dans cette partie de la plage, s'allonge sur le dos pour que personne ne voie ses poils en trop et allume son transistor.

J'ai hâte d'être à demain pour savoir s'il y a vraiment plus de touristes, pense-t-il.

La femme qui est à moins de quatre mètres de lui pourrait faire son affaire, faute de mieux. Elle est allongée à plat ventre sur une serviette bleue et il ne voit pas son visage, mais de dessous le chapeau de paille qui le cache s'échappent quelques mèches blondes. Il se peut qu'elle ait aussi les yeux bleus, en général le tout marche ensemble. Elle s'est endormie et Juan, qui se propose de la réveiller, monte un peu le volume de son transistor.

Pourvu qu'elle ait les yeux bleus, se dit-il en croisant les doigts.

L'air se remplit de paso doble tauromachiques. Juan roule sa serviette à un bout pour avoir la tête plus haute et regarde le soleil. Ridicule défi. Il n'existe personne au monde qui puisse regarder le soleil en face. Il ferme aussitôt les yeux et s'amuse avec les petites taches noires qui tourbillonnent sur un paysage orangé. D'une certaine façon, ces taches sont pareilles à une procession de fourmis. Elles s'agitent à un centimètre de son nez, mais sont sûrement aussi illusoires que les fourmis qu'il a cru voir dans la chambre de Carmen.

Mieux vaut donc mettre ses lunettes et maîtriser son imagination. Dans le temps, quand il habitait encore avec sa mère, ils avaient un voisin qui se croyait assiégé de mouches imaginaires quand il se réveillait la nuit, alors il agitait les bras dans tous les sens, et il avait beau faire, il n'arrivait jamais à se les chasser de dessus.

Mieux vaut donc ne pas trop croire à tout ce que l'on voit autour de soi. Mieux vaut être méfiant. Il n'aurait même pas dû croire aux barques qui lui sont passées devant le nez la veille au soir. Des fois que la seule chose réelle dans ces barques n'ait été que leurs lumières et qu'il n'y ait rien eu par-dessous, que ce n'ait été en fait que barques fantômes en quête de sardines fantômes mortes depuis des siècles, mais n'ayant pas encore trouvé leur place dans le ciel des poissons.

Le transistor, pendant ce temps, diffuse toujours ses paso doble tauromachiques. La femme se réveille, pousse un gros soupir et se tourne vers Juan, l'air furieux. Elle a pas mal de bouteille, elle aussi, à peu près comme les Allemandes, mais elle n'a pas les yeux bleus et, pour couronner le tout, c'est une fausse blonde.

Parfait, œil pour œil dent pour dent, pense Juan

qui se sent soudain de mauvaise humeur. Si mon transistor dérange madame, moi j'ai horreur des bonnes femmes qui se font passer pour blondes.

Il augmente aussitôt le volume et soutient le regard glacé que la blonde lui décoche, afin de lui montrer qu'elle ne lui fait pas peur. Puis il se tourne de l'autre côté – elle peut bien voir ses poils dans le dos, il s'en fout complètement – et commence à ronfler, comme s'il s'était endormi d'un coup. Mais en fait il pense à une série de choses qui le turlupinent depuis pas mal de temps et auxquelles il n'a jamais pu donner de réponse claire et précise.

Quel a été le premier homme de l'histoire qui se soit laissé pousser la moustache ? Pourquoi ai-je un œil plus grand que l'autre ? Pourquoi ai-je du poil sur les épaules et dans le dos ? Faut-il y voir le signe que je suis plus viril que les autres ? Pourquoi mes collègues de bureau aiment-ils tellement se payer ma tête ?

La blonde, pendant ce temps, ramasse ses affaires et s'en va à l'autre bout de la plage.

9

Trois heures de l'après-midi. Il ne tient plus au soleil. Il enfile son pantalon et sa chemise jaune – qui est sortie très froissée du fond du sac plastique – et traverse lentement le village en direction du boui-boui aux jambons. Il s'assoit à sa table de la veille et commande une salade et un steak avec des pommes de terre.

« Je suis curieux de voir si vous pourrez me le faire un peu plus cuit aujourd'hui », apostrophe-t-il le serveur aux cheveux bleus.

À sa droite se trouve cette fois encore assis celui avec lequel il a essayé de discuter hier. L'homme porte une chemise à pois blanc et noir et fume un médiocre cigarillo. Il faut être sacrément peu distingué pour s'acheter une chemise pareille. Juan lui souhaite le bonjour et lui demande comment ça va.

« Faut pas se plaindre », lui dit l'homme sans lâcher du regard la présentatrice de télévision.

Il a les ongles blancs de plâtre et Juan en déduit qu'il est maçon. Jamais il ne pourra se débarrasser de ce plâtre, même s'il se lave les main à l'eau de Javel.

« On dirait qu'il n'y a pas beaucoup de touristes, cette année », remarque Juan.

« S'il n'y avait que moi, tous les touristes pourraient bien aller se faire foutre », grogne l'homme, les yeux fixés sur la télévision.

Et il se tait encore une fois. Aujourd'hui non plus, il n'a pas envie de parler. La présentatrice disparaît et resurgissent sur l'écran les hommes de la veille, avec leurs clubs et leurs balles de golf. La partie, apparemment, n'en finira jamais. L'écran se remplit ensuite de motocyclettes. La présentatrice revient et parle de la même guerre qu'hier, mais elle ne dit pas un mot du Bénouchistan et des gens qui sont toujours enfouis sous les décombres. Les morts ne sont pas éternels. Ils se démodent et il faut bien les remplacer par d'autres.

Quand on lui sert sa salade, il trouve deux fourmis courant sur la laitue. Les pauvres bestioles s'agitent comme des folles, dans une direction et, hop, aussitôt, dans une autre, mais, cette fois encore, il n'a pas l'intention de protester. Il se pourrait que l'on ait laissé exprès ces fourmis dans la salade, afin de connaître sa position relativement aux insectes en général et aux fourmis en particulier.

Il les écarte avec sa fourchette – elles sont trop petites pour qu'il arrive à les attraper du bout des doigts – et se met à manger. Le maçon fait passer son cigarillo d'un coin des lèvres à l'autre – sûrement le fait-il rouler avec le bout de la langue – et tend le cou pour se rapprocher un peu plus de la présentatrice. C'est là encore une parmi les bonnes actions qu'accomplissent ces filles de la télévision, en permettant aux hommes solitaires de se rapprocher d'elles, qui, imperturbables, continuent à sourire.

La jeune femme parle maintenant du temps qu'il va faire demain. La carte couverte de flèches est placée derrière elle, mais elle n'a pas besoin de se retourner pour savoir où les flèches sont placées. Elle dit qu'un front de hautes pressions se rapproche et, pendant tout ce temps-là, le maçon a les yeux fixés sur elle. Il continue à faire rouler son cigarillo d'une commissure à l'autre et fronce les sourcils. Il pense sans doute à quelque chose qui le met de mauvaise humeur. Le visage de la présentatrice occupe maintenant presque la totalité de l'écran et Juan découvre qu'elle a, elle aussi, un œil plus grand que l'autre. Il le fait remarquer au maçon, qui ne desserre pas les dents pour autant. Cinq minutes plus tard, le maçon sort de la taverne sans dire au revoir, mais la présentatrice continue à parler comme si de rien n'était.

Elle ne peut pas le voir et s'en tamponne sûrement. Elle continue à parler du temps, mais elle s'est placée maintenant de profil pour montrer la carte avec une règle qu'elle a sortie d'on ne sait où. Elle est maigre et apparemment plate comme une limande.

« Nous aurons, toute la fin de la semaine, du soleil et des vents faibles », dit-elle.

Dans la taverne, il ne reste plus que trois clients, mais ils tournent le dos et Juan ne voit pas leur tête. Juste au moment où il finit d'avaler sa dernière bouchée, le garçon éteint la télévision, comme s'il y avait un lien de cause à effet entre les deux actions, et il lui demande si le steak était bien.

« Plutôt pas mal », répond Juan.

Il retourne à la pension, monte à sa chambre et s'allonge sur le lit. Il se sentirait plus à son aise si le dessus-de-lit, au lieu d'être vert pomme, était d'une autre couleur, n'importe laquelle, plus chaude. Il contemple la tache au plafond et se demande encore une fois si elle est en forme de cœur ou de poire. Il parvient à la conclusion que ce pourrait être une poire mal dessinée, mais se dit immédiatement que ce pourrait être aussi bien un cœur mal dessiné.

Il fait trop chaud, il ne peut pas dormir et commence à se toucher sans se rendre bien compte de ce qu'il fait. Il attrape sa queue par le bout, tire un peu sur la peau et la lâche d'un coup, pour voir si elle se tient droite toute seule, mais elle retombe sur le côté, comme si le ressort était cassé. Quelquefois elle tombe à droite et d'autres fois à gauche.

Il n'y a pas un brin d'air, Juan a des coups de soleil et il est en nage. Il sort sur le balcon et s'assoit sur la chaise paillée. Quel dommage qu'il ne voie pas la mer de son balcon ! mais il trouve un certain soulagement dans le rouge des géraniums de la maison d'en face. Il recompte les pots et en trouve cette fois douze, c'est-à-dire deux de moins qu'hier. Ce qui signifie que, ce matin, deux habitantes n'ont pas mis leur pot sur la fenêtre.

10

Sept heures du soir. Le bruit des volées de cloches qui lui arrive de l'église coïncide avec le léger sifflement de sa montre digitale. C'est un vrai réconfort que les cloches et sa montre se manifestent en même temps. Carmen commence à chanter sa mélopée habituelle, elle se tait un instant puis, quand elle se remet à chanter, sa voix est devenue plus rauque, comme si elle était au bout de son rouleau.

Pour ce soir, il a décidé de mettre sa chemise blanche, mais, quand il se voit dans la glace, il trouve qu'il n'est pas encore assez bronzé et préfère réserver la blanche pour son dernier jour de vacances. C'était, d'ailleurs, ce qu'il avait programmé. Il remet sa chemise jaune du matin et, devant la glace, il est bien obligé d'admettre qu'il ferait mieux d'éviter cette couleur.

« Mon vieux Juan, se conseille-t-il à lui-même, aujourd'hui tu devrais te faire la raie au milieu. »

Mais finalement, il décide de se coiffer comme d'habitude, et de compter qu'il aura, après avoir bu deux ou trois verres, la mine moins défaite.

Blas l'attend cette fois encore dans le vestibule. Il lui prend le bras et lui murmure à l'oreille que les fourmis qui sont entrées hier par la fenêtre de la chambre de Carmen sont rassemblées dans la deux.

« Vous allez comprendre, ajoute-t-il, vous, vous avez la cinq, celle qui est au bout du couloir. Les fourmis sont trois chambres plus loin, au début du couloir. »

Et il lui répète aussi sec ce qu'il lui a déjà dit : nul n'est capable de prévoir le chemin que vont suivre ces astucieuses fourmis quand elles en auront assez d'être rassemblées dans la deux. Elles passeront peut être dans la trois, puis dans la quatre et, enfin, dans la cinq, mais il se peut aussi qu'elles choisissent de retourner dans la une pour décrocher ensuite par n'importe quelle tuyauterie et rejoindre le rez-de-chaussée.

« Vous croyez que les fourmis aussi, ça décroche dans les tuyauteries ? » lui demande Juan.

Blas lui dit de ne pas faire le malin et qu'il y a de fortes chances qu'elles finissent par se réfugier de nouveau dans la chambre de sa nièce.

« Ça n'a pas l'air de l'inquiéter beaucoup, remarque Juan. Elle a passé tout l'après-midi à chanter. »

Blas hausse les épaules. Il ne veut même pas savoir pourquoi Carmen passe sa vie à chanter. Puis, sans lâcher son bras, il explique à Juan qu'il faut faire la distinction entre les fourmis de Dieu et les fourmis du Diable.

« Les fourmis de Dieu, dit-il, sont petites et noires et elles n'arrêtent pas de bouger pour montrer combien elles sont heureuses et laborieuses. Celles du diable, au contraire, sont grosses et rouges et elles ne bougent presque pas. »

Il lui explique également que les fourmis rouges préparent soigneusement leurs attaques et qu'elles envoient leurs éclaireuses étudier le terrain. Par ce moyen, elles connaissent d'avance les routes à suivre et même les obstacles qu'elles trouveront en chemin.

Il pourrait lui en raconter tant et plus, mais Carmen arrive, prend son oncle par le bras et l'oblige à rentrer dans la salle à manger. Elle a mis un chemisier fraise écrasée, mais son visage n'en est pas plus avenant pour autant. Elle réapparaît un instant plus tard avec un sourire gêné.

« Il devient de plus en plus pénible », dit-elle.

Juan vole au secours de Blas et répond qu'on a bien le droit d'avoir ses petites manies. Carmen lui explique alors qu'avant son oncle n'était pas comme ça et que son obsession pour les fourmis a commencé il y a moins de deux mois, un peu après son veuvage.

« Le coup de la bombe d'insecticide, ça l'a pris il y a quinze jours, précise-t-elle.

— Si je comprends bien, vous ne croyez pas aux fourmis », dit Juan.

Carmen ne se donne même pas la peine de répondre. Elle se contente de sourire légèrement, mais, l'instant d'après, se rappelant quelque chose qui ne lui plaît pas, elle serre les dents si fort que les muscles de son menton saillent.

Juan n'aime pas les femmes qui serrent les mâchoires et cherche le moyen de la calmer. Il la regarde sans ciller et lui déclare tout de go qu'hier soir il l'a vue dormir les jambes à l'air.

« Et je dois avouer que vous avez une sacrée paire de poteaux », ajoute-t-il.

Carmen soutient tranquillement son regard et Juan précise alors qu'il n'a pas pu jouir du spectacle autant qu'il l'aurait voulu parce que des milliers de fourmis entraient par la fenêtre de sa chambre.

« Je crois que vous êtes aussi cinglé que mon oncle », soupire-t-elle.

Et elle lui ouvre en grand la porte de la rue pour lui faire comprendre qu'ils n'ont plus rien à se dire, qu'il peut partir et bon vent.

« Ce n'est pas beau de vous moquer de votre oncle », la sermonne Juan.

Il sort enfin et marche vers la place, mais il pense encore à tout ce qui vient de lui passer par la tête, rapport aux fourmis et aux péchés, et il en oublie de compter ses pas.

Je n'ai peut-être pas tapé à côté de la plaque, après tout, se dit-il.

Avant d'arriver à la buvette, il s'assoit sur un banc à côté de deux touristes encore plus blondes que les Allemandes de la veille. Il leur demande si elles sont allemandes, mais elles le regardent de haut et font semblant de ne pas comprendre.

Patience et longueur de temps. Il s'installe un moment, juste pour les laisser s'habituer à l'avoir à côté d'elles, et les invite à prendre un verre. Le tout par gestes, ce qui n'est pas facile, mais cette fois elles comprennent au quart de tour, éclatent de rire et le regardent avec une expression signifiant qu'elles ne savent pas ce qu'il faut qu'elles fassent à partir de maintenant.

C'est un peu comme si elles se mettaient sous ses

ordres, aussi n'y va-t-il pas par quatre chemins : il en prend une de chaque côté, leur donne le bras et les emmène à la taverne aux jambons. Elles n'ont ni l'une ni l'autre les yeux bleus, mais à la guerre comme à la guerre. Le maçon est toujours assis à la même table, face la télévision.

« Bleda windi halogüey ritingui », lance-t-il aux deux filles, pour faire croire au maçon qu'il leur parle en anglais.

Il ne veut pas se faire trop d'illusions, mais il se pourrait que ça se goupille bien, cette fois. Elles rient de bon cœur et Juan demande au serveur de laisser la bouteille de vin sur le comptoir. Quand les deux touristes s'arrêtent de rire, ils restent tous les trois silencieux.

« Bledi bindi ritingui », répète Juan, en regardant de nouveau le maçon du coin de l'œil.

Et pour montrer à la galerie, clients et personnel, qu'il n'est pas manchot, il enlace une des deux femmes par la taille et dit au maçon qu'il peut prendre l'autre. Le maçon lui répond qu'il a mieux à faire, qu'il a passé la journée à monter et à descendre sur des échafaudages et qu'il préfère regarder sa télé tranquille.

« Bindi ritingüey forevier », dit Juan une fois encore, en levant son verre à la santé du maçon.

« Bindi rintingüey forevier », répètent les deux femmes.

Elles le regardent, attendant que Juan leur dise si elles ont bien prononcé. Elles ont compris qu'il veut leur apprendre quelques mots pour se débrouiller au village sans avoir besoin de chercher dans leur dictionnaire.

Une des deux femmes n'a pas de cils, ou, si elle en a, ils sont si blonds qu'on ne les voit presque pas, mais son amie n'est pas mal du tout. Juan remplit de nouveau les verres et reste en contemplation devant les jambons pendus au plafond. Un jambon pourrait bien se décrocher, un de ces jours, tomber sur la tête d'un client et l'envoyer *ad patres*.

Une mort pas plus bête qu'une autre, se dit Juan.

Le serveur aux cheveux bleus devine qu'il pense aux jambons et lui explique que, l'année dernière, un couple d'Italiens en a décroché un au nez et à la barbe de tout le monde et l'a sorti du restaurant, enveloppé dans un châle.

« Les ordures, dit-il, ils ont fait passer le jambon pour un bébé.

— Ces Italiens, c'est malin comme la faim », remarque Juan.

Et il se tourne vers les Anglaises, qu'il surprend se regardant fixement dans les yeux. Elles se demandent sans doute s'il vaut la peine de passer la soirée avec un type qui ne parle pas un mot d'anglais.

« Le lendemain, poursuit le serveur, je les ai coincés à la buvette de la place. Je leur ai dit de me rendre le jambon, mais ils l'avaient mangé. Vous savez ce que j'ai fait ? »

Juan fait non de la tête et le serveur lève le menton, bombe le torse et le lui explique :

« Je leur ai baissé le pantalon et ils se sont retrouvés en slip devant tout le monde.

— Hi ! Hi ! » rit Juan, en regardant en coin les deux Anglaises.

Et les deux filles choisissent ce moment pour se faufiler vers la droite et sortir de la taverne en se tordant de rire. Juan va pour leur courir après, puis il comprend très vite qu'il n'a aucun droit de le faire. Il se tourne vers le maçon et lève son verre dans sa direction, mais comme l'autre ne lâche pas l'écran des yeux, il ne se rend pas compte que l'on porte un toast à sa santé.

« Où elles sont parties ? » demande le serveur.

Juan hausse les épaules et finit le vin qu'elles ont laissé dans leurs verres. C'est le début de la retransmission d'un match de football et les clients sont en émoi. Juan paie et prend congé de tout le monde en levant le bras, comme pour répondre à une salve d'applaudissements. Il ne veut pas qu'on croie que les deux femmes l'ont mis de mauvaise humeur.

Il fait la tournée des bars alentour, mais il ne les voit nulle part et retourne à la buvette. Il s'assoit à la terrasse qui donne sur la place et essaie de faire repartir la machine. Il a dans le colimateur cinq ou six femmes, les étudie du regard, regard que les unes soutiennent et pas les autres. Une brune avec des tresses multicolores lui tire carrément la langue. Mais ma chère, pense-t-il, si tu n'aimes pas qu'on te regarde, coiffe-toi normalement. Le serveur qui, hier, a dragué les deux Allemandes évolue maintenant comme une anguille entre les tables qui sont à l'autre bout de la terrasse. Jambes trop courtes et arquées, des mains qui lui arrivent aux genoux. Il a tout du chimpanzé. Quand il aperçoit Juan dans son coin, il lève le bras devant lui, la main grande ouverte, pour lui faire comprendre qu'il va lui falloir patienter et qu'il ne peut pas s'occuper de lui pour l'instant.

Le temps passe et Juan commence à s'impatienter.

Il lève le bras à son tour et le serveur-chimpanzé fait semblant de ne pas le voir.

À ta guise, pense Juan. Quand il passe, une fois parmi tant d'autres, à côté de lui, taillant sa route vers d'autres tables, il tend la jambe et lui fait un croche-pied. Le plateau saute en l'air, une femme crie et le serveur perd l'équilibre et s'étale. On pourrait croire qu'ils ont répété avant, mais Juan ne tient pas à ce que les gens s'imaginent qu'il lui a fait un croche-pied exprès, aussi prend-il le garçon par le bras et l'aide-t-il à se relever.

« Vous vous êtes fait mal ? » demande-t-il.

Le serveur-chimpanzé lui jette un regard assassin mais ne répond pas. Il a donné de la tête contre un coin de table et saigne du nez. Il rentre dans la buvette et son collègue qui servait sur la terrasse côté mer le remplace. Juan lui commande un double cognac qu'il a devant lui, sur la table, en deux minutes. Voilà qui va mieux. Les gens assis non loin de lui tournent la tête pour le regarder – d'une certaine façon, il est devenu le héros de la soirée – et il se dit que c'est le bon moment pour parler au téléphone. Il sort son portable de sa poche, le met à son oreille droite, puis à son oreille gauche, et au bout d'un moment commence à hocher la tête. Il n'y a personne à l'autre bout, mais personne ne le sait.

« Je regrette, mais je ne peux pas te voir ce soir », dit-il d'une voix raisonnablement haute.

11

Deux tables plus loin est assise une blonde vêtue d'une robe jaune safran avec le dos nu. Elle pourrait bien avoir les yeux bleus. Une autre femme l'accompagne, qui a tout l'air d'être sa mère.

Juan se commande un autre double cognac, l'avale d'un trait et admet qu'il commence à être un peu cuit, mais il tient bon la barre. Il va pour commander son troisième quand réapparaît le serveur-chimpanzé, le nez comme une tomate, qui lui jette encore un regard.

Juan hausse les épaules et, à cet instant précis, entend sonner son portable. Un véritable appel, cette fois. Il ne se fait pourtant auncune illusion. C'est fort probablement sa mère. Il laisse sonner quatre fois et, quand il appuie sur le petit bouton vert, il entend une voix d'homme lui demander María. Il répond qu'il ne connaît aucune María, alors on lui demande Enrique.

« Pas d'Enrique non plus par ici », répond Juan.

L'inconnu s'excuse et coupe la communication, mais Juan garde le portable collé à l'oreille, comme si l'homme était toujours en ligne.

« Ah ! Ah ! Ah ! » rit-il, comme si l'homme venait de lui en raconter une bien bonne.

Mais aussitôt après, il fait semblant de perdre patience et dit à son mystérieux interlocuteur qu'il est inutile d'insister.

« Ça suffit », marmonne-t-il comme s'il venait d'entendre une impertinence.

Il range son portable dans sa poche de poitrine et regarde du coin de l'œil la fille en jaune safran. Dans le dos des femmes existent des touches invisibles, et les hommes qui savent appuyer sur ces touches ont plus de facilités que les autres.

Ce n'est qu'une question de pratique, comme pour tout, pense-t-il.

Le serveur-chimpanzé ose enfin s'approcher. Il n'a pas la certitude que Juan lui ait fait volontairement un croche-pied, mais il a trouvé le moyen de lui rendre la pareille.

« Je me suis farci les deux blondes, hier soir », mâchonne-t-il entre ses dents.

Juan ne s'attendait pas à une attaque de ce côté-là. Un coup bas s'il en est et, pendant quelques secondes, il ne sait plus quoi dire. Il réplique enfin que c'est très bien, que le devoir d'un bon garçon de café est de se farcir toutes les clientes bien roulées qui passent à sa portée.

« Moi, ajoute-t-il, si j'étais à ta place, je m'achèterais un autre nez. »

Et pour achever de le convaincre qu'il n'est qu'un minus, Juan se met debout à côté de lui, prend son verre qui contient encore un fond de cognac et le boit cul sec. Puis il lève son verre un peu plus haut et regarde la blonde.

« À la tienne », dit-il tandis que le serveur s'éloigne vers l'autre côté de la terrasse.

Elles – la mère et la fille – sourient, mais Juan se méfie aussi de ces sourires-là. Ils semblent vous ouvrir toutes les portes et finissent par vous en claquer une au nez. La fille en jaune safran a plus de classe que l'Allemande de la veille, c'est pourquoi il lui semble imprudent d'attaquer bille en tête. Il est préférable cette fois encore de se hâter avec lenteur. Il prend congé de la fille avec un léger clignement de paupière, quitte la buvette et demande au garde municipal le nom des arbres plantés autour de la place.

« Des cèdres », répond le garde.

Ce sont de très beaux arbres. Ils ont un gros tronc et des branches presque horizontales, mais Juan ne croit pas qu'il s'agisse réellement de cèdres. Il soupçonne le garde de ne pas le savoir non plus et de lui avoir servi le premier nom qui lui soit passé par la tête. Remarque, le nom d'un arbre, c'est ce qui compte le moins. C'est un arbre et basta. Les arbres n'ont besoin de rien d'autre.

Même s'ils s'appelaient autrement, ils continueraient à donner de l'ombre, pense-t-il.

Il tourne plusieurs fois autour de la place, les mains derrière le dos, le menton dans la poitrine, comme le font ces hommes qui roulent d'importantes pensées. Puis il quitte la place, traverse la rue et se dirige vers la plage, qui est à moins de cinquante mètres. Il s'assoit à peu près à l'endroit où il était le matin et se met à penser aux poulpes qui se laissent séduire par les guitares. Sous la lumière des étoiles, on peut penser à n'importe quoi et croire à tout, si merveilleux que ce soit.

Voyons voir, se défie-t-il lui-même, comme s'il était soudain devenu quelqu'un d'autre. Voyons voir si tu es capable de trouver quelle étoile je regarde.

Tu regardes l'Étoile polaire, se répond-il un peu après, en changeant de voix.

Et il se félicite lui-même parce qu'il a vu juste.

Mais, maintenant, quelle étoile je regarde, maintenant ? se redemande-t-il.

Cette fois, il refuse de se répondre. Il n'a plus du tout envie de continuer à perdre son temps avec un passe-temps qui a été inventé pour que les fiancés y jouent à deux.

Tu ferais mieux de ne pas essayer de te dissimuler ta solitude, se dit-il à lui-même, tandis que la lune réapparaît derrière un nuage.

Une chose, de toute façon, lui semble incontestable : c'est qu'il est aussi absurde de croire aux gentils poulpes mélomanes qu'aux armées de fourmis meurtrières.

Les poulpes, c'est très bien sur le gril, avec un peu d'ail et de persil, se dit-il en se laissant aller en arrière et en appuyant les coudes sur le sable.

Dès lors, ses pensées se perdent dans d'étranges divagations. Il se demande, par exemple, quel a été le premier homme qui ait eu l'idée d'associer l'ail et le persil.

Qu'importe, mieux vaut ne pas le savoir – se répond-il aussitôt. L'important est que les hommes ne séparent jamais ce que les cuisiniers ont uni.

« À bas les poulpes mélomanes ! » clame-t-il ensuite tout fort, persuadé que personne ne pourra l'entendre. « À bas les fourmis assassines ! »

Il met en émoi, ce faisant, un couple qui se caresse derrière une barque, à moins de dix mètres de lui. Ces deux enfants s'imaginent que Juan en a après eux parce qu'ils jouent à touche-pipi. Ils se lèvent et s'éloignent à l'autre bout de la plage, mais, même en ces instants d'effarement, ils ne cessent de se tenir par la taille.

Ils sont peut-être amoureux, se dit Juan. Il reste assis sur la plage, bercé par le va-et-vient des vagues. Cette nuit, les pêcheurs ne sont pas sortis, en tout cas on ne voit pas les lumières des barques flottant sur la mer. Les sardines peuvent nager l'esprit tranquille.

Et si l'histoire des poulpes était vraie ? se demande-t-il, en cherchant dans les ténèbres quelque phosphorescence suspecte.

*

Cette fois encore, il trouve Blas qui l'attend à la porte de la pension. Le vieux a pu tomber de son lit pour assister au lever du soleil comme il peut ne pas s'être couché du tout. Juan sort une chaise dans la rue et s'assoit à côté de lui. Son ivresse est passée et il a l'estomac en règle, mais il préfère attendre un peu avant de se mettre au lit.

« Vous devenez noctambule », dit-il.

Blas lui montre son oreille du doigt, mais Juan ne comprend pas s'il veut lui dire qu'il entend mieux ou plus mal. Il élève la voix pour parer à toute éventualité et avoue au vieux qu'il était tellement beurré plus tôt dans la soirée qu'il a même essayé de jouer avec lui-même à trouver les étoiles.

« J'ai également pensé au premier homme qui a eu l'idée de mélanger l'ail et le persil », lui dit-il.

Il choisit pour l'instant de ne pas parler du croche-pied qu'il a fait au serveur, ni des amoureux qui se tripotaient à l'abri de la barque. Il ne dit pas un mot non plus des Allemandes d'il y a deux jours, du serveur-chimpanzé, de la fille en robe jaune safran ni des deux touristes qui l'ont planté au comptoir du boui-boui.

Blas, qui, cette nuit, a l'oreille un peu dure et n'entend qu'un mot par-ci par-là, lui explique qu'il aime bien les sardines grillées avec un peu d'ail et de persil.

« L'ail, c'est excellent pour la santé », dit-il.

Juan lui confie alors qu'il ne peut pas supporter le regard de verre des sardines, même quand elles sont dans son assiette.

« L'ail, poursuit Blas, est souverain contre l'enrouement, pour soigner les refroidissements, pour expectorer et soulager les maux de dents. »

Ce qui est gênant, c'est qu'il mesure mal sa voix et hurle.

« Et même comme contre-poison », conclut-il.

Une habitante de la maison aux géraniums se met à la fenêtre et demande à Blas de se taire. C'est un inconvénient quand on dort la fenêtre ouverte. Juan met son doigt devant sa bouche pour le faire parler plus bas.

« Ma femme mettait beaucoup d'ail dans ses ragouts », se rappelle Blas, s'adressant maintenant à lui-même.

Son regard brille subitement et Juan s'attend à ce qu'il verse une première larme. Il pense qu'il est beau que les hommes, si vieux soient-ils, ne perdent jamais le don des larmes, aussi se décide-t-il à lui raconter ce qui s'est passé la veille, avec le serveur et les Allemandes, et même le coup du croche-pied. Il ne veut pas provoquer les protestations de la voisine et parle tout bas, au risque de ne pas être entendu. L'important, se dit-il, c'est que Blas voie qu'il a près de lui une personne qui bouge les lèvres et lui raconte des choses.

« Allons, ne nous laissons pas abattre, encourage-t-il Blas en lui tapotant le dos. Demain, je vous emmène à la buvette et nous tâcherons de les draguer. »

Blas ne répond pas. Il peut ne pas l'avoir entendu comme il peut n'avoir pas voulu l'entendre car ses pensées ont emprunté d'autres voies. Son moment de faiblesse surmonté, il pense de nouveau à sa nièce.

« Cette pécore connaît tous les secrets des fourmis », dit-il.

Il va pour dire encore quelque chose, mais s'interrompt et tourne la tête vers la fenêtre de la salle à manger, qui donne sur la rue, comme s'il craignait d'y voir passer à tout instant la tête de Carmen.

« Ne te fie pas à ma nièce », murmure-t-il.

Blas s'est décidé, enfin, à le tutoyer. C'est on ne peut plus normal entre deux hommes qui craignent et respectent les fourmis. Juan aperçoit la bouteille d'anis placée sous la chaise, à portée de main. Il demande à Blas où il a caché le verre et celui-ci se met le pouce dans la bouche.

À la bonne heure, nous boirons au goulot, pense Juan. Et après s'être envoyé la première rasade, il s'essuie les lèvres d'un revers de main et dit au vieux que personne au monde, sa nièce pas davantage, ne connaît assez les fourmis pour savoir ce qu'elles pensent et deviner leurs intentions.

Il dit aussi que, pour intelligentes qu'elles soient, les fourmis ne laissent pas d'être fourmis et n'ont, en dehors du fait qu'elles naissent, se reproduisent et meurent, que très peu de choses en commun avec les hommes.

« Les fourmis, lui explique-t-il pour suivre, ont un cœur, un cerveau et un estomac, et, de plus, peuvent discuter entre elles en se touchant les antennes. »

Un chat miaule sur un toit voisin, comme pour lui donner raison, et une autre fenêtre s'éclaire dans la maison d'en face.

« Comment se fait-il, demande Juan, que les fourmis, bien qu'elles soient socialistes, aient toujours une reine ? Et comment se fait-il que cette reine ne puisse être fécondée que par un prolétaire ? »

12

Blas ne peut pas répondre. Il dort la bouche ouverte, les bras pendant de chaque côté de son fauteuil. Ce n'est pas la peine de le réveiller.

« Ce que j'aime le moins chez les fourmis, poursuit Juan, comme si le vieux l'entendait encore, c'est qu'elles ne respectent pas les vieilles. »

À cet instant précis, Blas ouvre les yeux et se passe la main sur le visage. Il découvre Juan à son côté et ne le reconnaît pas d'emblée.

« Je ne dis pas ça pour rigoler, reprend-il en retombant les pieds sur terre. Fais très attention, avec Carmen. »

Le chat de tout à l'heure se remet à miauler. Le pauvre diable doit être en train de poursuivre une chatte sur un toit du voisinage, une chatte qui ne veut pas de lui. Juan connaît bien la question.

« Attention », répète Blas.

Il lève la bouteille d'anis, boit au goulot, puis la passe à Juan. Un chien aboie et Juan l'imagine de la couleur de la chemise qu'il porte.

Existe-t-il des chiens jaunes ? se demande-t-il. La lumière de la salle à manger s'allume et Carmen passe la tête à la fenêtre.

« Il finira par me rendre folle », grommelle-t-elle.

Elle sort dans la rue, attrape Blas par le bras et le fait rentrer. Juan lui demande pourquoi elle ne le fait pas rentrer, lui aussi, pourquoi elle ne le déshabille pas et ne le met pas au lit, mais elle ne répond pas.

« N'oublie pas ce que je t'ai dit », lui hurle Blas, tandis que Carmen le pousse dans le couloir.

Juan reste à écouter pendant un long moment les miaulements du chat en rut et les aboiements du chien solitaire. Quand il se décide à aller se coucher, il entre dans la maison et reste un moment dans le vestibule. Silence. La maison est dans le noir, mais le ficus luit faiblement, phosphorescent, dans un coin de la salle à manger.

*

Il dort d'une traite jusqu'à sept heures du matin. Il ouvre les yeux petit à petit et, telle une malédiction qui ne le quitte pas, réapparaît la tache au plafond.

Il saute de son lit et ouvre de part en part la porte-fenêtre qui donne accès au balcon. La plupart des habitants du quartier dorment encore. Il se peut que, derrière l'une quelconque de ces fenêtres, il y ait un couple en pleine action, mais on ne les entend pas piper. On n'entend pas non plus le chat en rut ni le chien jaune.

« Lave-toi les mains tout de suite et pique-toi le doigt », s'ordonne-t-il à lui-même, en imitant la voix de sa mère.

Il ne l'écoute pas – c'est-à-dire qu'il ne s'écoute pas lui-même – et choisit de remettre la piqûre à plus tard. Tout ce qui l'occupe pour l'instant, c'est de se laver les mains à l'eau chaude et au savon. Il allume son transistor et une douce voix féminine commence à lui parler cuisine.

« On fait la soupe à l'ail, dit-elle, avec des tranches de pain trempées dans l'eau puis dans l'huile, et frites enfin avec de l'ail. »

Il trouve ridicule de parler de boustifaille de si bonne heure, quand les gens ne sont pas encore complètement réveillés et sont encore tout barbouillés. La voix féminine, cependant, lui caresse l'oreille et, tandis qu'elle continue à évoquer des préparations culinaires et des légumes, Juan met un peu d'ordre dans l'armoire. Il fait passer dans le premier tiroir la demi-douzaine de mouchoirs qu'il a mis hier dans le deuxième et range dans le troisième tiroir les slips qui étaient dans le premier. Il effectue ensuite quelques changements parmi ses chemises. Il ne veut plus de l'ordre dans lequel il les a accrochées. La rose saumon, qui était la première à droite, devient la première à gauche, suivie des autres dans l'ordre suivant : la jaune, la bleue, la verte, la violette, la rouge et la blanche, ce qui représente, en un certain sens, une rébellion caractérisée contre l'ordre établi par l'arc-en-ciel.

Dès lors, ses pensées peuvent se résumer aux points suivants :

Primo. Je ne suis pas aussi désordonné que le prétend ma mère. Je ne l'étais pas quand nous habitions ensemble et je ne le suis pas plus maintenant.

Secundo. Moi aussi, j'aime ranger chaque chose à sa place.

Tertio. Moi aussi, je préfère avoir les mains propres et les ongles bien taillés.

Quarto. Je garde mes chemises propres beaucoup plus longtemps qu'avant.

Encore une fois, il embrasse ses chemises d'un regard satisfait, ajuste les portes de l'armoire et se rappelle tout à coup la bouteille d'anis. Ça vaut le coup d'aller la chercher, il enfile donc son jean, descend dans la rue et s'empare de la bouteille. Il remonte sur son balcon, s'assoit sur la chaise paillée et s'envoie une première goulée. Puis il pense à Alberto, qui lui manque. Il ne serait pas mécontent de l'avoir là, assis à côté de lui.

Lui, au moins, il me connaît assez bien, pense-t-il.

Je me demande si j'aurai mon augmentation le mois prochain, se dit-il aussi.

Son chef la lui a promise avant son départ en vacances. Il lui a dit qu'on installerait son bureau et celui d'Alberto devant une fenêtre donnant sur la rue, pour qu'ils voient les arbres, mais il se retient de rêver. Ce ne serait pas la première fois que son chef lui fait une promesse qu'il n'a pas l'intention de tenir.

Je crois qu'il aimerait que je disparaisse de sa vue, se dit-il en levant encore une fois la bouteille.

L'idéal, ce serait qu'il gagne à la loterie, bien qu'il sache pertinemment que l'argent ne règlerait pas non plus tous ses problèmes. L'argent n'est pas d'un grand secours le jour où les fourmis débarquent et vous surprennent dans la solitude la plus totale. Blas lui a dit hier qu'elles s'étaient concentrées dans la deux.

Je me demande si c'est la vérité, se dit-il.

Il prend la bouteille d'anis dans une main, la bombe insecticide dans l'autre et s'approche sur la pointe des pieds de la porte de la chambre suspecte. Si elles sont là-dedans, il les entendra s'agiter. Il colle l'oreille à la porte et retient son souffle.

Silence. Les fourmis ne donnent pas signe de vie. Il sèche d'un trait le fond d'anis qui reste et cogne à la porte. Aucune réponse, mais le silence peut s'interpréter de mille et une façons. Il retourne à sa chambre, pousse le verrou et arrose le seuil avec de l'insecticide, pour qu'au moins les fourmis ne puissent pas se glisser sous la porte.

Il passe sur le balcon et regarde voler deux mouettes matutinales. Il se rappelle que les mouettes des villes ne font pas bon ménage avec les pigeons. Elles les surprennent sur les toits et les dévorent sur place. Le jour viendra peut-être où les pigeons apprendront à s'organiser et leur livreront bataille. Peut-être, comme les fourmis, apprendront-ils à tout sacrifier pour la patrie.

Il s'allonge sur son lit, les mains croisées sous la tête, et la tache au plafond se transforme peu à peu en scarabée. Il ferme les yeux et imagine les pigeons, les mouettes et les fourmis défilant en rang par trois sur la plus large avenue de la ville, au son d'un régiment de trompettes et de tambours, entre des drapeaux de toutes les couleurs. Cinq minutes plus tard, il retourne sur le balcon et, pour être plus au frais, s'assoit sur le bac à laver, les pieds plongés dans l'eau.

Où se trouve la patrie des hommes solitaires ? se demande-t-il.

Il se demande aussi quel peut être le drapeau des fourmis et le voilà qui rit à gorge déployée. Une voisine – peut-être celle qui a protesté au milieu de la nuit – se met à sa fenêtre et lui rappelle qu'il est tôt et qu'il y en a qui dorment.

Juan descend de son bac à laver et lui réplique qu'elle ferait mieux de s'occuper de ses géraniums. Ensuite, il tente de se toucher le bout des pieds avec les mains, mais il n'arrive même pas à frôler ses chevilles. Il s'assied sur la chaise paillée et se relance dans un décompte des pots de géranium.

Il en trouve treize ce coup-ci. Un de moins que la première fois qu'il les a comptés. Encore un motif d'inquiétude, car treize est en plus un mauvais chiffre.

Dorénavant, il lui faudra faire d'autant plus attention. Il rentre dans sa chambre et arrose encore une fois le seuil d'insecticide. Il se déshabille et s'allonge sur son lit pour dormir un peu. Il entend les cloches de l'église sonner neuf heures et, presque en même temps, le sifflement de sa montre. Un peu après lui parviennent les tintements de la pendule que Blas et sa nièce ont séquestrée dans quelque pièce secrète. Cette pendule n'est plus d'accord avec les deux autres. Elle indique un temps différent. Quand le dernier coup s'éteint, Carmen remet ça avec sa mélopée et, cette fois, sa voix s'élève peu à peu, comme un serpent dans un panier et s'enroule lentement sur elle-même.

13

Il finit par s'endormir et rêve à la fille en robe jaune safran. Il se réveille en sueur et retourne son oreiller. La tache au plafond est devenue papillon. Admettons, pense-t-il, que cette tache se paie ma tête, elle aussi.

Tant mieux pour elle, se dit-il, elle peut bien se transformer en ce qu'elle voudra.

Il n'a plus de savon. Tout à l'heure, il achètera deux savonnettes à la pharmacie. La marque que lui recommande sa mère. Il s'y rendra ce matin même, avant la buvette. Il achètera aussi une demi-douzaine de piles pour son transistor.

Il ouvre l'armoire et doit se colleter une fois de plus avec la question du choix de la chemise. Il a derrière lui deux jours de vacances et il a mis quatre chemises. Il lui en reste trois complètement propres. Il se décide pour la chemise jaune qu'il a portée hier, tout en sachant que la couleur n'est guère flatteuse.

Il est onze heures du matin et il n'y a pas un nuage dans le ciel. À la pharmacie, il ne trouve pas sa marque de savon et l'employé lui en recommande un équivalent. Mêmes propriétés et même prix.

C'est une petite infidélité, mais sa mère n'en saura rien. Il achète aussi les piles pour son transistor chez le marchand de journaux et entre enfin dans la buvette, s'assoit à la terrasse côté mer et commande un double cognac. Les barques vont et viennent dans la baie et, sur la ligne d'horizon, avance un grand voilier blanc. Il se gratte le mollet et à cet instant précis apparaît derrière le promontoire un petit avion peint en rouge avec une banderole attachée à la queue.

Tout est bon pour mitrailler les gens de messages publicitaires. L'homme qui est assis à la table à côté met ses lunettes et tend le cou vers l'avion.

« Pouvez-vous me dire ce qu'il y a d'écrit sur la pancarte ? lui demande-t-il.

— Paix et Progrès », lui répond Juan, qui a gardé une excellente vue.

Il est en mesure de préciser que le mot paix est écrit en bleu et le mot progrès en vert.

L'homme le remercie et lui signale que la campagne électorale est commencée depuis deux jours. Il lui explique aussi que Paix et Progrès est le mot d'ordre du Parti des Hyacinthes et que l'hyacinthe est une couleur.

Juan ignore complètement de quel parti il s'agit, mais il n'empêche qu'il trouve amusant ce nom d'hyacinthe, même s'il ne sait pas de quelle couleur il s'agit.

« L'hyacinthe et la pourpre, lui explique l'homme, qui semble en connaître un rayon, lui aussi, sont deux nuances de la même couleur, bien qu'elles aient des significations distinctes. La pourpre est un bleu dans lequel domine le rouge. Dans l'hyacinthe, au contraire, la couleur principale est le bleu.

« Ce que je ne sais pas, confie-t-il ensuite à Juan, c'est pourquoi il s'appelle le Parti des Hyacinthes. »

C'est un garçon sympathique. Il a le nez un peu en trompette et les oreilles décollées. L'embêtant, pour lui, c'est qu'il s'est mis sur le dos une chemise rose qui fait ressembler son petit visage circulaire à une tarte aux fraises. Juan suppose qu'il est en vacances pour quelques jours, que sa femme est restée dormir à l'hôtel et qu'il est sorti pour s'éclater au village.

Juan revient au sujet de l'hyacinthe et s'étonne qu'un parti politique sérieux, croyant réellement dans la paix et le progrès, comme le laisse entendre la banderole accrochée au coucou, ait choisi ce nom-là.

« Et vous, qu'en pensez-vous ? » demande-t-il au petit homme.

Celui-ci lève les yeux vers l'avion, qui continue à tourner au-dessus du port et il lui donne raison en secouant deux ou trois fois la tête. Il dit qu'il proposerait un changement de nom à ses camarades de parti, s'il en était le chef, mais qu'il ne l'est pas et ne le sera sûrement jamais, ni de cet étrange parti ni d'aucun autre, d'ailleurs.

Juan pense qu'il est bon qu'un homme ou une femme connaisse ses limites. Il dit au petit homme qu'il est lui aussi un spécialiste des couleurs et n'aime pas la pourpre, trop présomptueuse et même un peu impérialiste, à son goût. Il déclare enfin qu'entre toutes il préfère la couleur saumon, puis la couleur rouge, laquelle est, à son avis, la plus contestataire.

Le petit homme lorgne la chemise jaune de Juan et hausse les sourcils. Il lui dit l'avoir vu hier se balader en chemise jaune, chemise jaune qu'il porte encore aujourd'hui.

« À en juger par ce détail, dit-il, quiconque pourrait penser que le jaune est votre couleur préférée. »

Juan est légèrement décontenancé.

« Croyez-vous qu'il soit donné à chacun de porter sa couleur préférée ? »

Le petit homme contemple ses ongles en silence et prend son temps pour répondre. Puis il fait non d'un mouvement de tête, d'un mouvement, par ailleurs, assez solennel.

« Je ne le crois pas », admet-il.

Il prend son exemple personnel et avoue à Juan que sa femme l'oblige à ne porter que des chemises roses, couleur qu'il a toujours trouvée assez ridicule.

« Vous n'aimez pas le rose et moi je n'aime pas beaucoup le jaune, lui confie Juan, mais la différence, dans mon cas, c'est que je choisis mes chemises moi-même. »

Il explique au petit homme qu'il a pris, pour ses vacances, sept chemises différentes.

« Sept jours, sept chemises, dit-il. Chaque jour, je peux en mettre une différente. »

Puis, pour redonner un peu de tonus à son interlocuteur qui semble en manquer singulièrement, il ajoute que le rose lui va peut-être mieux qu'il ne le suppose. Le petit homme sourit et estime qu'est venu le moment de se présenter. Avec ces manières un peu vieillottes qu'il a, il se lève de sa chaise et incline le torse. Il s'appelle Nicanor et passe dans ce petit port de C quelques jours de vacances avec son épouse.

« Nous fêtons nos noces d'argent », confie-t-il fièrement à Juan.

Il va ajouter quelque chose mais, juste à ce moment-là, une femme passe la tête par la porte de la buvette. On voit de loin qu'elle a mauvais caractère. Le petit homme se lève, dépose sur la table le montant de sa consommation et court à sa rencontre. C'est tout juste s'il a pu adresser à Juan un sourire d'adieu.

L'avion vole maintenant si bas qu'on dirait qu'il va s'écraser contre le clocher. Juan commande un deuxième double cognac au serveur et, quand l'avion repasse au-dessus de la buvette, il crie au pilote d'aller faire son ramdam ailleurs. Il sait que le pilote ne l'entend pas, mais il veut montrer à tous les gens assis à la terrasse qu'il se moque de la politique et n'est pas de ces citoyens qu'on manipule facilement.

Trois tables plus loin est assise la fille à la robe jaune safran. Elle porte ce matin un haut bleu ciel et un pantalon rouge. Ce sont deux couleurs qui ne vont pas ensemble, mais Juan persiste à penser qu'elle a de l'allure. Elle est encore plus blonde qu'il ne l'avait cru la veille au soir, mais il n'est pas sûr qu'elle ait les yeux bleus.

Il se dresse sur ses pieds, lève son verre de cognac et boit à la santé de la jeune femme, mais il détourne aussitôt les yeux pour ne pas voir comment elle accueille son hommage. Il s'épargne de cette façon l'éventualité d'une rebuffade. Il fait donc comme s'il l'avait complètement oubliée, sort son stylo-bille et le bloc-notes qu'il porte toujours sur lui, dans la poche arrière de son pantalon, et commence à écrire la première chose qui lui passe par la tête.

Qu'elle croie que je suis poète ! se dit-il. Qu'elle croie que j'écris un poème !

Une femme comme elle n'obligerait jamais son mari à mettre des chemises roses. Il l'a compris au premier coup d'œil. Il lui adresse un nouveau sourire et continue à dessiner des cœurs entrelacés. Puis, quand le coucou revient, cette fois encore il montre le poing au pilote, ce qui fait gicler, au moment où il lève le bras, son stylo-bille dans les airs.

14

À la table voisine sont assis un type à tête de boxeur et une femme minuscule. Elle ramasse le stylo-bille, qui est allé tomber à ses pieds, et le rend à Juan en souriant.

Juan la remercie et lui jette un regard subreptice, mais elle a tourné la tête de l'autre côté. C'est sûrement pour l'embêter. L'homme à la tête de boxeur allume une cigarette et, en le voyant faire, Juan est pris d'envie de fumer. Il a fumé sa dernière cigarette deux semaines plus tôt, au bureau, pour fêter l'anniversaire d'Alberto.

Ce ne serait pas mal de fumer devant la fille. Beaucoup d'hommes allument une cigarette et ainsi, à les voir dans un nuage de fumée, on peut croire qu'ils pensent à des choses importantes.

L'idée n'est pas mauvaise. Il va prendre un paquet de cigarettes à la machine qui est derrière la buvette et retourne sur la terrasse. Le petit avion repasse au-dessus de la buvette et, cette fois, Juan se lève et tend vers le pilote deux poings menaçants.

L'homme à tête de boxeur pousse un soupir. Ce qui signifie qu'il n'est pas d'accord avec ses protestations, mais Juan hausse les épaules. Peu lui importe que ce malabar soit d'accord avec lui ou pas. Nous sommes dans un pays libre, en tout cas quand il s'agit de choisir des hommes politiques, et, pour lui montrer combien il a l'esprit tranquille, il se tourne vers son voisin la cigarette aux lèvres et lui demande du feu. L'homme soupire encore une fois, tend la main droite avec son briquet prêt à fonctionner, et, quand Juan approche le bout de sa cigarette, la flamme saute par surprise. Il y a fort à parier que l'homme l'a fait exprès pour lui brûler les cils. L'homme retire son briquet à temps, sans s'excuser, et Juan se retrouve avec sa cigarette qui n'est toujours pas allumée. Deux tables plus loin est assis un vieillard portant perruque blonde qui a tout vu. Il se lève, couvre lentement la distance qui sépare sa table de celle de Juan et lui offre une boîte d'allumettes aux couleurs jaune et rouge du Parti des Bifides, lequel se présente également aux élections. Il explique ensuite à Juan qu'il n'éprouve pas, lui non plus, la moindre sympathie pour les hyacinthes et que le coup de l'avionnette lui semble, à lui aussi, excessif.

« Il ne devrait pas être permis, ajoute-t-il, que

quelques politiciens de seconde zone envoient leurs zinzins assommer les gens qui sont tranquillement en vacances.

— Qu'avez-vous contre les hyacinthes ? » lui demande le boxeur.

L'homme ne mâche pas ses mots.

« Saloperie », répond-il en retournant à sa table.

Le boxeur non plus n'a pas la langue dans sa poche et il réplique que ce pays est envahi de gens à deux langues. Il fait allusion, évidemment, au Parti des Bifides.

Juan demande au grand baraqué de quel pays il veut parler.

« Le pays du Nord ? Celui du Sud ? Celui de droite ? Celui de gauche ? »

Il se sent inspiré et ajoute que le seul pays qui compte en ce monde est celui de la mer bleue, et que la meilleure chose qu'ils puissent faire, les uns et les autres, c'est d'arrêter de discuter et de contempler le va-et-vient des vagues.

Le grand baraqué n'ose pas répliquer. Sans compter que sa nabote s'accroche désespérément à son bras.

Ça c'est un finale, un magnifique finale. Juan remercie le vieillard et allume solennellement sa cigarette. Il rejette par le nez une épaisse colonne de fumée et se tourne vers la table de l'Allemande, mais elle n'est plus là.

Il écrase sa cigarette – il n'a plus de raison de fumer maintenant que la jeune femme a disparu – et commande un troisième double cognac. De là où il est assis, il peut voir la fausse blonde allongée sur le sable, à peu près à la même place qu'hier. Ce matin, il n'a pas l'intention d'aller l'embêter. Il n'a aucune envie de se mettre au soleil, ni de se baigner.

*

Il reste installé à la buvette jusqu'à deux heures de l'après-midi et, pendant tout ce temps, il a commandé encore deux verres de cognac. C'est toujours pareil, quand il commence à boire, il ne sait plus s'arrêter. Le serveur lui demande pourquoi il ne s'assied pas sous le store, au lieu de rester en plein soleil, mais il ne lui répond pas parce qu'il a la tête qui tourne et envie de vomir.

Il retourne à la pension en donnant de la bande, comme un navire secoué alternativement par des vents contraires, monte directement à sa chambre et s'allonge sur le lit. Il n'enlève même pas ses chaussures et sombre dans un sommeil de plomb en moins de cinq minutes. Il dort jusqu'à ce que Blas vienne toquer à sa porte.

« Descendez aussi vite que vous pourrez », lui dit-il par le trou de la serrure.

Il a encore la tête qui tourne, aussi prend-il son temps. Il se lève, va à la salle de bains et se met un peu d'eau sur la nuque. Puis il inspecte son armoire et constate que tout est en ordre. Chaque chemise pend à la place qui lui a été assignée. Il descend à la salle à manger et trouve Blas assis devant la télévision, regardant un documentaire sur la vie des fourmis.

« Regarde, elles sont là », lui dit Blas en tendant une main tremblante vers les fourmis qui occupent tout l'écran.

Il dit qu'il les a tout de suite reconnues : ces fourmis qu'on voit maintenant à la télé sont celles qui étaient hier dans la chambre de sa nièce.

Le ficus, pendant ce temps, continue à respirer doucement dans son coin. Il sait sûrement très bien ce qui est en train de se tramer et à quel problème se heurtent les deux hommes. Juan soupçonne même que cette horrible plante connaît depuis très longtemps la fin de cette histoire, c'est-à-dire tout ce qui va se passer à partir de maintenant.

« Ce sont les mêmes, il n'y a pas de doute », répète le vieillard.

Juan s'assied à côté de lui et lui dit que peut-être, en effet, que ce sont peut-être les mêmes, mais qu'on ne peut pas en être sûr parce que rien ne ressemble plus à des fourmis que d'autres fourmis. Il se tait et, pendant un long moment, ils restent sans échanger un mot, fascinés par le spectacle. Les fourmis vont et viennent sur l'écran de télévision, sans répit. Elles entrent par la gauche, avancent en se dandinant sur leurs six pattes et disparaissent par la droite, mais pendant tout leur parcours elles ne cessent pas une seconde d'agiter leurs antennes. Elles sont un peu comme les clients de la buvette, qui entrent par une porte et ressortent par l'autre. De temps en temps, la caméra les prend de si près que la tête d'une seule fourmi occupe tout l'écran.

« Ces fourmis que vous voyez, commente, pendant ce temps, la voix hors-champ, sont pourvues de deux glandes situées près de l'anus et dont la fonction est de sécréter les phéromones. »

J'aimerais bien savoir par où je sécrète les miennes, pense Juan.

La chose, selon la façon dont on la considère, ne laisse pas d'être amusante. Nous allons de par le monde tout fiers de nos chemises et voilà que nos phéromones nous trahissent et que les femmes nous échappent à la première occasion et nous laissent bras ballants et seul comme un rat.

La voix off dit maintenant que les fourmis sont très résistantes aux isotopes et qu'elles survivraient sans doute à une guerre atomique. Il évoque également le socialisme dans la fourmilière et parle de l'aide mutuelle que ses habitantes s'apportent les unes aux autres, mais il ajoute que cette collaboration n'est pas la conséquence, comme chez les hommes, d'une délibération consciente.

« Il se trouve simplement, expose la voix, que les fourmis sont stimulées physiquement par la proximité de leurs congénères. »

Alors là, Blas n'est pas d'accord. À son avis, les fourmis se conduisent en véritables socialistes et l'aide mutuelle qu'elles s'apportent est un peu autre chose qu'une simple réponse biologique à la proximité de leurs congénères.

« Et la reine qu'elles se coltinent entre toutes ? lui demande Juan, qui se fait l'avocat du diable. Vous croyez qu'on peut vivre dans le véritable socialisme quand sont institutionnalisés les privilèges d'une caste ?

— Le fait est que tu parles comme un livre », dit Blas.

15

Quand la dernière fourmi a disparu de l'écran, il éteint la télévision d'un coup de commande à distance et réfléchit un moment. Il n'a pas mis son dentier et sa mâchoire inférieure lui touche presque le nez. L'ennui, lorsqu'il parle sans ses dents, c'est qu'il laisse échapper de l'air et qu'on le comprend moins bien. Il avoue à Juan qu'il a du mal à saisir, lui aussi, cette histoire de reine et que le socialisme des fourmis ne le convainc pas. Il admire chez elles leur capacité de coopération, mais il hait l'instinct criminel dont elles font preuve en permanence.

« Quand croyez-vous qu'elles vont revenir ? » lui demande Juan.

Blas lui débite sa cantilène habituelle : nul homme, nulle femme au monde, à part, peut-être, sa nièce, ne peut répondre à cette question. D'expérience, cependant, il sait qu'elles reviennent quelquefois par le nord, d'autres fois par le sud, et d'autres encore par l'est.

« Et jamais par l'ouest ?

— Si, répond le vieux. Mais que ce soit d'un côté ou de l'autre, l'embêtant serait qu'elles nous surprennent avec le cul à l'air. »

Ce qu'il a voulu dire, c'est que l'embêtant serait que les fourmis nous prennent par surprise, car, dans ce cas, nos chances de survie seraient infimes.

« J'ai vu des films dans lesquels les fourmis mangeaient les explorateurs dans la forêt vierge, murmure Juan, mais je ne crois pas que les nôtres soient de la même race. »

Blas ne fait plus aucun commentaire et tombe en contemplation devant le ficus. Peu à peu, son expression devient plus douce, comme si la plante lui racontait une belle histoire. Juan, cependant, frissonne.

Il attend que Blas le caresse, ce monstre, pense-t-il.

Et tandis que Blas continue à sourire, séduit sûrement par les craques qui lui raconte le ficus, lui-même se perd dans d'étranges considérations. Il ne peut comprendre que ce monstre végétal se présente aux hommes sous cette belle couleur verte, la couleur de l'espérance, et celle que la nature a choisie pour annoncer à l'homme le retour du beau temps.

« De toute façon, dit Blas en lâchant enfin le ficus, rappelle-toi ce que je t'ai dit de Carmen. C'est ma nièce, mais ne t'y fie pas, elle nous cache bien des secrets.

— Vous avez des preuves ?

— J'en ai », répond Blas.

Il se lève à grand-peine de son fauteuil d'osier, prend Juan par le bras et le conduit jusqu'à la chambre de sa nièce. L'odeur de femelle solitaire qui y règne est si forte que l'on peut presque la palper. Blas ouvre le dernier tiroir du bas de la table de nuit, soulève quelques mouchoirs et découvre dans le fond un coffret à bijoux garni de velours rouge.

« Ouvre ce coffret, ordonne-t-il à Juan. Ouvre-le toi-même. Je veux que tu voies de tes propres yeux ce qu'il y a à l'intérieur. »

Juan est embêté. Il trouve que Blas, bien qu'il soit

son oncle, n'a pas le droit de fouiller dans les affaires de Carmen, mais le vieillard hausse les épaules. Étant donné la situation dans laquelle ils se trouvent, ils ne peuvent s'offrir le luxe de perdre du temps en considérations médiocres.

À l'intérieur du coffret, ils trouvent un collier de perles de culture, un bracelet de laiton, une demi-douzaine de bagues fantaisie, deux fourmis d'argent et deux préservatifs.

« Je n'aurais jamais cru que votre nièce baisait, murmure Juan.

— Ce n'est pas le moment de s'occuper de ça. Mais ces fourmis d'argent sont identiques à celles que tu as vues hier entrer dans la chambre où nous sommes. »

Juan réplique que ce qu'il y a dans le coffret, mis à part les deux préservatifs et la pacotille, ce sont deux boucles d'oreille d'argent ciselé en forme de fourmis. Et il ajoute que la seule chose qui leur reste à faire, c'est de remettre tout ça en place et de sortir de la chambre avant le retour de Carmen.

« Ces fourmis sont les mêmes que celles que tu as vues tout à l'heure à la télévision », insiste Blas.

Maintenant, c'est Juan qui le prend par le bras et le raccompagne jusqu'à la salle à manger. Il l'assoit dans son fauteuil d'osier, rallume la télévision et lui met la commande à distance dans la main. Sur le petit écran, devant un beau fond bleu ciel, une femme demande à une autre si son problème d'hémorroïdes la fait beaucoup souffrir et lui propose un remède infaillible. Un instant plus tard apparaît une autre femme, fer à repasser en main, et, enfin, l'écran se remplit de danseuses.

« Voilà, dit Juan au vieux. Regardez ces petites lever la jambe toutes en même temps et ne pensez plus aux fourmis. »

Il lui tapote le dos et retourne à sa chambre. La pendule sonne trois heures de l'après-midi, mais il s'en faut encore de trois ou quatre minutes à sa montre pour que la grande aiguille arrive sur le douze et qu'il soit trois heures. Cette mystérieuse montre, apparemment, a décidé de mener sa guerre personnelle.

Il n'a rien mangé de toute la journée, mais il n'a pas faim. C'est peut-être le cognac qui lui barbouille l'estomac. Quoi qu'il en soit, il faut qu'il mange quelque chose.

« On ne se nourrit pas de l'air du temps », se dit-il, en imitant cette fois encore la voix de sa mère.

Il descend au port, entre dans la buvette et avale sans faim un sandwich au jambon et une bière. Il remonte ensuite dans sa chambre avec deux bouteilles d'anis sous le bras – il supporte mieux l'anis que le cognac –, s'assoit devant la table bancale et se propose de déchiffrer l'énigme des préservatifs. Il sait que ce ne sera pas facile, aussi, avant toute chose, dresse-t-il, sur un papier, la liste de toutes les questions qui se posent à lui, afin de les examiner l'une après l'autre. Pour commencer, il ne croit pas que les préservatifs aient atterri dans le coffret à bijoux de Carmen par hasard, mais il ne veut se fermer à aucune possibilité. Il cale la table avec un bout de carton pour l'empêcher de bouger, ouvre son carnet à couverture bleu turquoise et prépare deux stylos bille. Par souci de clarté, il écrit les questions en rouge et les réponses en bleu. Son point de départ est la question suivante :

Comment expliquer la présence de deux préservatifs dans le coffret à bijoux de C, femme que tout le village tient pour vierge, à l'exception des serveurs de la buvette ?

« Qu'est-ce que ça peut te foutre, s'admoneste-t-il aussitôt, en contrefaisant cette fois encore la sévérité de la voix de sa mère. De quoi te mêles-tu ? »

Juan lui répond – c'est-à-dire se répond à lui-même – qu'il n'en sait rien et qu'il s'en ficherait même plutôt, mais qu'au moins cette enquête l'amusera et que tout ce qu'il apprendrait de Carmen pourrait lui servir à connaître d'autres femmes.

« D'autres femmes, et pourquoi faire ? Pourquoi veux-tu te compliquer la vie ? » se demande-t-il encore une fois, en imitant la voix de sa mère.

Cette fois, il ne prend même pas la peine de répondre. Il écrit donc sur la première page de son carnet, mais au stylo bille rouge, sa deuxième grande question :

C serait-elle de ces femmes qui ont toujours dans leur sac une boîte de préservatifs qu'elles mettent à la disposition de leurs amants fortuits ?

À partir de ce point, il pose une série d'hypothèses, qu'il note avec son stylo bille bleu :

Hypothèse A : C a trouvé les deux préservatifs oubliés par des clients dans une chambre et elle les conserve depuis comme un trésor.

Hypothèse B : C a acheté une boîte de préservatifs à la seule pharmacie du village, ce qui pourrait expliquer sa mauvaise réputation parmi les serveurs de la buvette, informés de l'achat par un pharmacien indiscret.

L'une et l'autre de ces deux hypothèses lui suggèrent une autre série de questions. En voici quelques-unes :

Première question : Si C a acheté à la pharmacie une boîte entière de préservatifs, avec qui a-t-elle utilisé ceux qui manquent ?

Deuxième question : Avec qui a-t-elle l'intention d'utiliser les deux qui lui restent ? Avec quelque amant secret qu'elle connaît depuis longtemps ? Avec un homme qu'elle ne connaît pas encore ?

Troisième question : Et si j'étais cet homme ? Cette femme croirait-elle qu'elle peut me séduire ? S'imagine-t-elle que je sois une proie facile ?

Quatrième question : La vie sexuelle secrète de C a-t-elle quelque chose à voir avec son don pour prédire les allées et venues des fourmis ?

Quand sa machine à poser les questions se bloque, il s'envoie une rasade d'anis, et aussitôt les pièces de la machine se lubrifient et les points d'interrogation se succèdent encore une fois sans solution de continuité.

Quelle attitude, se demande-t-il, dois-je adopter à partir d'aujourd'hui avec Carmen ? Dois-je lui faire comprendre que je connais l'existence des préservatifs ? Dois-je me comporter comme si je ne connaissais pas son secret ?

Encore d'autres questions, toujours au stylo bille rouge : En supposant que je décide finalement de lui laisser entendre que je connais son secret, quelle méthode dois-je employer ? Le sourire ironique, ou bien le sourire aimable et compréhensif de l'homme qui accepte et connaît la faiblesse de la chair ?

Petit à petit, il remplit son carnet d'autres questions. En voici quelques-unes :

A : Et si C se décide à lui faire du rentre-dedans ?

B : Doit-il repousser ses propositions ? Doit-il les accepter ?

C : S'il les repousse, comment le faire ? D'un sourire aimable mais ferme ? D'une moue de dégoût qui arrachera toutes ses illusions à la racine ?

Il est évident que, sans l'aide de l'anis, il ne trouverait pas toutes ces questions, mais il voudrait maintenant faire une pause. Les questions sont comme ces poupées qui s'emboîtent les unes dans les autres. On déchiffre le sourire d'une poupée, mais après on trouve un autre sourire encore plus énigmatique sur le visage de la poupée qu'elle a à l'intérieur.

Il est déjà sept heures et demie, la soirée est belle et, par le balcon ouvert, entrent, telle une bouffée d'air parfumé, les éclats de rire d'un groupe de jeunes filles sorties se promener. En entendant ces rires, il lui vient fatalement une autre question importante.

Carmen, en dépit de sa moustache, n'a-t-elle pas le droit d'être aussi heureuse que ces jeunes filles qui se sont arrêtées juste sous son balcon, pour le provoquer peut-être et lui faire perdre la tête ?

Il sort sur le balcon, la bouteille d'anis à la main, et attire l'attention des filles en sifflant.

« Je suis à vous ! » leur crie-t-il.

Les jeunes filles lèvent les yeux, le découvrent nu sur le balcon et s'enfuient en poussant des hurlements. Juan rentre dans sa chambre, ferme son carnet de questions et de réponses et pose la bouteille sur la table de nuit. Il allume son transistor puis s'allonge sur son lit, jambes écartées et mains croisées sous la nuque. Un chœur de violons surgit dans les airs et, presque en même temps, lui arrive du rez-de-chaussée la voix de Carmen qui engueule son oncle.

Et voilà le travail, pense Juan, le regard posé sur la tache au plafond. Les valses résonnent, les bombes sautent, les levers de soleil succèdent aux tremblements de terre, les bonbonnes de butane explosent, les maisons s'effondrent et les gens meurent enfouis sous les décombres. Une comète traverse le firmament et, en même temps, un serveur camard et court sur pattes et une femme s'étreignent et soupirent, et des millions de fourmis agitent leurs antennes et construisent leur repaire.

Comment est-il possible, se demande-t-il tandis que Carmen continue à engueuler son oncle, qu'il existe un Dieu unique, capable de mettre de l'ordre dans des mondes aussi différents ? Et s'il y avait beaucoup de dieux différents ? Comment mon Dieu peut-il être le même que celui qui rend heureux un si grand nombre d'hommes ? Que signifie cette tache au plafond ? A-t-elle la forme d'un cœur ou d'une poire ? Et si en réalité elle représentait une fleur ?

16

Le léger sifflement de sa montre lui signale qu'il est huit heures du soir. Arrivent en même temps les cloches sonnant au clocher de l'église et les tintements de la pendule cachée, qui a décidé de retarder de quelques minutes. Blas frappe à la porte. Il s'inquiète de ce que son client ne soit pas sorti de sa chambre depuis si longtemps.

« Tu es encore là-dedans ? »

Juan enfile son pantalon, ouvre la porte et l'invite à entrer. Blas découvre la bouteille d'anis sur la table de nuit et hoche la tête de gauche à droite. Il veut savoir ce que Juan fait enfermé depuis tout ce temps et ce dernier lui montre ce qu'il a écrit sur son carnet. Ce sont des questions sans réponse, mais Blas ne le sait pas. Il s'assoit lui aussi sur le lit et sourit tristement quand il aperçoit la bombe d'insecticide reléguée sur le haut de l'armoire, comme si Juan n'avait plus confiance en son efficacité.

« Carmen soupçonne que nous avons des soupçons, dit-il. Elle est sortie il y a une heure et n'est pas encore rentrée. Ce n'est pas normal qu'elle reste dehors si longtemps.

— Elle est sûrement avec un mec », répond Juan.

Il lui demande si Carmen est sa nièce en ligne directe ou par alliance, c'est-à-dire du côté de sa défunte, et Blas lui répète ce qu'il lui a dit le premier jour : Carmen est la fille d'une de ses sœurs, morte depuis six mois.

« Je vous demande ça parce que Carmen est assez poilue, se justifie-t-il. D'après vous, les poils, comme la folie, seraient-ils une affaire de famille ? Se transmettraient-ils dans les gènes ? »

Blas ne sait rien des gènes et ne sait pas plus où Juan veut en venir, alors il hausse les épaules et lorgne la bouteille d'anis. Lui aussi, il se pose parfois des questions auxquelles personne ne peut donner de réponse. Tout à l'heure, par exemple, Carmen est revenue les mains et la robe pleines de terre.

« Elle a passé l'après-midi à gratter dans le jardin, murmure-t-il.

— Je n'aime pas ça. Il faut toujours avoir les mains propres.

— Et si elle avait creusé une fosse ?

— Regardez les miennes », dit Juan sans écouter la question du vieillard.

Blas jette un autre regard furtif à la bouteille. Si sa femme vivait encore, dit-il à Juan, il ne viendrait pas lui casser autant les pieds, mais, comme il est seul, il faut bien qu'il raconte ses problèmes à quelqu'un.

« Mais oui, je suis là, moi », lui fait remarquer Juan en lui tapant dans le dos.

Blas dit qu'il a cru entendre les fourmis dans la cave tout à l'heure, mais qu'il n'a pas eu le courage de descendre vérifier. Puis il garde le silence, le front soucieux, et nul ne saurait dire s'il pense à sa nièce ou aux fourmis. Il accepte la bouteille d'anis que lui tend Juan, avale une gorgée et se tait, les lèvres pincées et le regard flottant.

« Le plus grave, c'est que ces filles de pute sont toujours sur le pied de guerre, dit-il sans avoir lâché la bouteille.

— C'est ce que tout le monde dit, murmure Juan.

— Saviez-vous qu'une fourmi qui vieillit et ne peut plus travailler, les plus jeunes la font passer en première ligne, sous le feu de l'ennemi ?

— Elles ont sûrement leurs raisons, remarque Juan en récupérant la bouteille.

— Elles font ça pour qu'elles soient tuées en

premier. Il se peut que ma nièce veuille en faire autant avec moi.

— Vous n'êtes pas une fourmi », le rassure Juan.

Et aussitôt, changeant d'intonation, il lui demande pourquoi il a recommencé à le vouvoyer.

« Nous appartenons à la même armée », lui rappelle-t-il.

Blas approuve d'un hochement de tête et attrape du bout de la langue une larme qui s'était arrêtée à la commissure de ses lèvres. Pendant un long moment, ils se passent la bouteille d'anis, d'une main l'autre. Blas reconnaît qu'il lui arrive de temps en temps de dire vous à n'importe qui, même à sa nièce.

Ils restent sans rien dire encore une fois et, encore une fois, la voix grincheuse de Carmen se fait entendre dans la cuisine. Le dîner est prêt et Blas n'est pas à sa place. Elle sait qu'il est avec Juan et elle est bien obligée de monter le chercher. La porte de la chambre est restée grande ouverte, mais elle s'arrête sur le seuil, les bras croisés, comme si elle avait peur d'entrer.

« On dirait que vous êtes devenus très copains », dit-elle.

Et comme Blas ne bouge pas, elle entre dans la chambre. Elle prend le vieux par le bras, l'oblige à se lever du lit sans ménagements.

« La soupe va refroidir », lui dit-elle.

Juan soupçonne que ce « la soupe va refroidir » est une façon de parler et qu'elle a sûrement préparé autre chose pour dîner. Il n'aime pas la façon dont Carmen traite son oncle et il est sur le point de lui dire de ne pas tant la ramener, vu qu'il connaît le secret des capotes, mais, devant ses mains et son tablier couverts de terre, il se contente de l'enguirlander.

« Pouvez-vous m'expliquer, lui demande-t-il, pourquoi vous vous êtes cochonnée comme ça ? Pouvez-vous me dire pour qui vous avez creusé cette fosse ? »

Carmen ne répond pas et pousse Blas dans le couloir. Juan ferme la porte de sa chambre, met le verrou et s'allonge sur son lit en pensant qu'il ne fait pas bon vieillir. Soudain, il se met à transpirer et a la sensation qu'il va mourir. Il a l'estomac complètement retourné. Il court aux toilettes et vomit tout l'anis qu'il a bu. Il reste un long moment la tête dans la cuvette des waters. Puis il va s'allonger sur son lit et ferme les yeux pour ne pas voir la tache au plafond.

« Mon vieux Juan, se dit-il en pensant à Carmen, je crois que tu passes les bornes et que tu t'intéresses trop aux capotes de cette fille. »

Quand il rouvre les yeux, voilà que la tache au plafond s'est transformée en œuf frit. Ce sont des choses qui ont lieu parfois et il n'est pas rare que nous voyions en imagination ce dont nous avons le plus besoin, et de le voir, en plus, en couleur. Maintenant qu'il a bien rendu et qu'il s'est allégé l'estomac, il commence à avoir faim ; aussi décide-t-il de descendre au village manger quelque chose de chaud. Il est onze heures du soir, mais il y a de fortes chances pour que le boui-boui aux jambons soit ouvert.

17

Dans un premier temps, il pense mettre sa chemise blanche, couleur de la pureté, de la lumière et de la chasteté, mais il se demande ensuite si un homme qui vient de dégueuler deux litres de bile en a bien le droit, et il décide de remettre son jean et sa chemise vert foncé. Il descend dans la rue et affronte la nuit une fois de plus. Quelqu'un joue de la guitare quelque part et l'air sent le poisson frit.

Il entre dans la taverne aux jambons et le serveur qui a les cheveux bleus fait un drôle de nez en le voyant arriver. À l'heure qu'il est, il devrait avoir fini son service. Juan commande des bettes bouillies et s'assoit devant la télévision, juste au moment où la présentatrice anorexique prend congé en souriant et que le serveur-chimpanzé apparaît à la porte de la salle, une Anglaise à chaque bras.

Le trio reprend son sérieux en apercevant Juan. Ce sont des choses qui arrivent très souvent. Les Anglaises elles-mêmes ne rient plus, alors qu'elles ne comprennent rien à ce qui se passe. Elles lâchent ensuite un de ces petits rires qui ne veulent rien dire et font semblant de ne pas reconnaître Juan.

Le serveur-chimpanzé porte un polo à rayures horizontales jaunes et noires. On dirait un singe déguisé en abeille, pense Juan pendant que l'autre se met sur la pointe des pieds et contemple les jambons pendus au plafond. Le même balaie ensuite la salle d'un regard lequel, arrivant à l'endroit où est assis

Juan, monte, passe au-dessus de sa tête pour redescendre vers le sol couvert de sciure.

« Alors, ça vous plaît ? » demande Juan aux deux Anglaises, tout en sachant qu'elles ne comprennent rien.

Elles haussent les épaules et le serveur les prend par la taille. Il veut prouver à l'assistance qu'il a surmonté le problème de la langue et qu'il s'en tire très bien avec elles.

« Vous voyez, dit Juan à un client qui est assis à deux tables de lui, tout en gardant les yeux fixés sur le serveur-chimpanzé, si les fils de pute volaient, nous marcherions tous à l'ombre.

— C'est aussi mon avis », dit l'homme en pensant à autre chose.

Le serveur-chimpanzé fait semblant de ne pas comprendre et s'en va dans la rue avec les deux Anglaises.

« On se demande vraiment ce que des femmes peuvent trouver à un homme qui a de si longs bras », commente Juan à la cantonade.

Il n'ajoute plus rien et reste assis jusqu'à ce que le serveur aux cheveux bleus éteigne la télévision et entreprenne de balayer la sciure. Puisqu'on le met à la porte, Juan paie son addition et sort de la taverne en sifflant la mélopée que Carmen chante à longueur de journée. Il se dirige directement vers la buvette, mais, ce soir, au lieu de s'asseoir côté mer, il préfère la terrasse qui donne sur la place et se met à une table dans le coin.

Le serveur à profil aviaire lui adresse un petit sourire pointu de l'autre bout de la terrasse et Juan le salue d'un bras martial.

Il est dans ses petits souliers. Il craint que l'autre serveur n'ait mis celui-ci au courant de son fiasco avec les Allemandes. Il se peut même qu'il lui ait raconté que les Anglaises l'ont laissé en plan la veille au soir.

Quelle est la meilleure chose à faire ? Soutenir ce sourire vicelard ou aller dans un autre bar, où personne ne le connaît ?

Il décide de rester à la buvette et commande un café glacé. Quand le serveur le lui apporte, il prétend qu'il a demandé un café normal. Cinq minutes plus tard, il soupire et dit qu'il a changé d'idée.

« Ce que je veux, en réalité, c'est un double cognac », dit Juan.

Il soutient sans ciller le regard du serveur, qui n'est pas bête et comprend qu'il le cherche. Il lui sert donc son double cognac et se contente, pour lui faire entendre qu'il est sur ses gardes, d'exiger que Juan le règle tout de suite

« Que pensez-vous de l'inflation ? lui demande Juan en mettant un billet de cinq mille sur la table. Croyez-vous que le gouvernement saura la contrôler ? »

C'est un moyen d'une grande simplicité par lequel il veut dire au serveur deux choses différentes :

A. D'abord et d'une, que le prix du cognac est trop élevé.

B. Qu'il s'y connaît plus en économie que lui, qui n'a sûrement pas la moindre idée des mesures qu'a prises le gouvernement pour empêcher les prix d'augmenter encore.

Il aurait pu aussi lui poser un autre genre de questions, par exemple quelque chose qui serait en rapport avec la magie des couleurs ou, encore mieux, sur la vie des fourmis – par exemple, s'il sait qu'elles répandent leurs phéromones grâce à une glande qu'elles ont près de l'anus –, mais il choisit de se taire et boit son cognac à petites gorgées.

D'ailleurs, tant le sujet des couleurs que celui des fourmis lui semblent trop intimes pour qu'il aille les claironner dans un établissement rempli de vacanciers qui ne pensent qu'à oublier leurs problèmes et à bronzer.

Il remarque qu'il n'y a pas ce soir autant de femmes que la veille. Il se peut qu'elles soient à une autre terrasse. Ce qui n'empêche pas qu'il n'ait pas l'intention de changer d'endroit. Il préfère regarder les gens qui se promènent sur la place. Voilà, par exemple, le boxeur avec sa femme, toujours pendue à son bras. Ils entrent sur la place par une des rues de gauche et se dirigent lentement vers la droite.

Apparaît également le petit homme en chemise rose avec sa bourgeoise, mais ils vont dans le sens contraire, c'est-à-dire de droite à gauche. Le mari regarde par terre et a les mains derrière le dos. Sa femme marche le menton levé, comme si, à mesure qu'elle avance dans la rue, elle laissait la vie sauve à tout le monde.

Ce ne doit pas être facile de se mettre au lit avec une femme comme celle-là, se dit Juan.

Mais il s'avoue aussitôt que tout est préférable à la solitude, et justement le petit homme en chemise rose, comme pour lui donner raison, lève un doux regard sur sa femme.

Entre ensuite le serveur-chimpanzé, avec son polo

jaune et noir, et l'une des Anglaises. Aucune trace de l'autre. S'il pensait s'envoyer en l'air avec les deux, comme il l'a fait hier avec les Allemandes, ça semble plutôt raté. Ils marchent la main dans la main, comme deux amoureux, traversent la place en diagonale et, en passant devant la buvette, s'arrêtent et s'embrassent longuement.

Juan soupçonne le type d'avoir prévu son coup. Il s'est arrêté devant la terrasse de la buvette pour que le voie son collègue, qui le prend pour un fanfarron et ne croit pas qu'il drague autant qu'il le dit. Ce petit fumier n'a même pas eu la délicatesse de choisir la plus petite des deux Anglaises. Il a pris la plus grande, qui le dépasse d'une tête, pour prouver à la terre entière qu'il n'a pas de complexe. Quand il a fini de l'embrasser, il cherche son collègue du regard, le trouve et sourit d'un air triomphant. Il aperçoit ensuite Juan assis à la table du coin et son sourire se fait plus aiguisé. Il passe son bras gauche autour des épaules de l'Anglaise et, de la main droite, se presse doucement les testicules.

Juan se touche le nez et lui demande s'il s'en est acheté un nouveau. Le serveur lui répond qu'il s'est commandé un nez grec au magasin de farces et attrapes. Il attend la réplique de Juan, et, comme elle ne vient pas, pousse l'Anglaise vers la plage.

Juan s'arrache enfin un sourire poussiéreux. Il sait que tout le monde le regarde à la terrasse, mais il fait comme si de rien n'était. Il est minuit et demie et les bettes lui sont restées sur l'estomac. Il s'éponge la nuque avec un mouchoir et continue à sourire, parce qu'il ne voudrait pas que les gens s'imaginent autour de lui que le serveur l'a mis de mauvaise humeur.

18

De la mer monte une brise humide qui le fait transpirer à grosses gouttes. Ce ne serait même pas un soir à baiser. Alberto dit que, les nuits de canicule, il vaut mieux laisser les femmes et les escargots tranquilles, et Juan l'a répété à une copine qu'il avait réussi à mettre dans son plumard et avec qui ça ne marchait pas fort. Elle lui avait flanqué une gifle et l'avait laissé seul dans son lit.

Soudain fait son entrée sur la place un groupe d'une douzaine de motards, qui tournent plusieurs fois en cherchant à se garer et finissent par se mettre devant la buvette. Ils sont tous en cuir noir et leurs motos sont noires, elles aussi, décorées de clous argentés et de fanions rouges. Les motards enlèvent leurs casques et commentent les incidents du trajet. Ils se donnent des claques dans le dos et éclatent en gros rires.

Aucun de ces garçons ne sait qu'il a derrière lui une armée de fourmis qui l'attend. Il faut croire que le bruit des motos les empêche de penser. Le couple qui est assis à sa gauche se lève et libère la table. Ils ne supportent pas ce vacarme mais n'osent pas protester. Juan commande un autre cognac au serveur-oiseau.

Les garçons arrêtent les moteurs et tout redevient comme avant. Le boxeur et sa nabote traversent maintenant dans l'autre sens, c'est-à-dire de gauche à droite, mais l'homme en chemise rose et sa bourgeoise ne se montrent pas. Quand ils réapparaîtront, ils iront sûrement dans l'autre sens, c'est-à-dire de droite à gauche.

Ainsi va la vie, pense Juan, un demi-village se promène en direction du sud et l'autre demi-village en direction du nord. Quel ennui si tout le monde allait dans la même direction !

Le serveur-oiseau pose son cognac devant lui et Juan lui demande s'il veut être payé tout de suite ou plus tard.

« Si ça ne vous dérange pas, je préfère maintenant », répond le jeune homme. Et il attend à côté de la table.

« Très bien, tu vas être payé maintenant », murmure Juan. Il sort la ferraille qu'il a dans sa poche et, tout en comptant, demande au serveur s'il a pris connaissance de ce que va faire le gouvernement pour réduire l'inflation.

Le serveur ne sait pas quoi répondre et devient rouge comme une tomate. C'est ce qui arrive à beaucoup de frimeurs qui vont de par ces mondes de Dieu en se prenant pour les rois de la drague : qu'on leur pose une seule question qui n'ait rien à voir avec les femmes et ils sèchent.

Juan pose sa dernière pièce sur la table et le serveur n'en finit pas de former ses petits tas. Le plus ostensiblement possible, pour que l'assistance constate qu'il n'est pas dupe. Quand il a fini de compter les pièces, il les met dans la poche de son pantalon et s'éloigne en parlant tout seul. Juan lève son verre et boit à sa santé. Il tient à montrer à tout le monde qu'il ne lui en veut pas. Il perçoit comme une étincelle à sa droite et, quand il tourne les yeux, il voit la fille avec le dos à l'air, qui vient de s'asseoir à la table voisine. Mon Dieu, qu'est-ce qu'elle est bandante ! se dit Juan. Ce soir, elle porte un pantalon blanc et un haut vert foncé très voisin du vert de sa propre chemise. D'abord, il ne sait pas quoi lui dire. Puis il prend son courage à deux mains, va s'asseoir à côté d'elle et lui demande comment va sa mère.

« Elle avait mal à la tête et elle est restée à l'hôtel », répond-elle.

« Pour le mal à la tête, rien de tel que l'aspirine », lui conseille Juan.

C'est en tout cas ce qui se dit à la télévision. La jeune femme soupire et pose sur la table un livre à couverture noire et un trousseau de trois ou quatre clés. Elle dit que sa mère a un ulcère d'estomac et que l'aspirine lui serait fatale.

« Ça lui est interdit », dit-elle.

Et c'est à ce moment-là que Juan se rend compte qu'ils parlent la même langue, bien qu'elle, elle ait un drôle d'accent. Il lui demande alors d'où elle est et elle se tire les yeux de chaque côté avec les index et répond qu'elle est chinoise. Évidemment, elle le mène en bateau.

« Vous n'avez pas du tout l'air d'une Chinoise », remarque Juan, en prenant de l'assurance.

Il la regarde fixement dans les yeux et ne trouve plus rien à dire. Pour se sortir de ce mauvais pas, il lui explique le truc de Blas pour distinguer les Chinois des Japonais et les Japonais des Chinois, ce qui, en l'occurrence, revient au même.

« Les Chinois, dit-il, ont les yeux bridés vers le

haut, et les Japonais ont aussi les yeux bridés, mais vers le bas. »

Elle rit de bon cœur, mais elle n'est pas du tout curieuse de savoir qui est Blas. Juan sent un pincement dans la jambe gauche et lève les yeux vers les étoiles, tout en palpant de la main gauche son téléphone, qui est dans sa poche de chemise.

« Bridés ou pas, ajoute-t-il, je regrette que les Chinois aient coupé leur natte. »

C'est à peu près ce qu'il a dit à Blas, hier. Il repense ensuite aux mouettes qui planaient ce matin au-dessus de la buvette et dit que le blanc n'est pas une vraie couleur, mais une absence de couleur, et qu'il aimerait beaucoup plus les mouettes si, au lieu d'être blanches, elles avaient un peu de vert, un peu de bleu et un peu de rouge.

Elle répond qu'à cette heure de la nuit elle est incapable d'imaginer des mouettes, et encore moins multicolores.

« J'ai aussi une chemise blanche, lui explique Juan, mais j'ai décidé de ne pas la mettre tant que je ne serais pas un peu plus bronzé. »

Il réfléchit pendant quelques secondes puis répète à la blonde qu'il est sûr qu'elle n'est pas chinoise, même avec les yeux tirés. Elle lui avoue alors qu'elle est allemande mais qu'elle vit à Z depuis dix ans.

« Il y a quelques années, j'ai eu une fiancée qui vous ressemblait assez, dit Juan. Elle s'appelait Marta et avait les yeux bleus, elle aussi. »

C'est juste une astuce qui devrait amener l'Allemande à lui dire comment elle s'appelle. Et le piège fonctionne. Elle réfléchit quelques instants et lui dit qu'elle s'appelle Elke W et qu'elle travaille dans une agence de voyages.

« Et moi je m'appelle Hector et je suis architecte », dit Juan.

La blonde le regarde dans les yeux. Elle commence à pressentir qu'elle est tombée sur un drôle de type. Il n'a pas l'air net, pense-t-elle. Qui va regretter aujourd'hui que les Chinois n'aient plus de natte ? La plupart des gens ont même complètement oublié qu'ils en avaient une dans le temps. Juan sent le regard de la blonde lui palper les intérieurs.

« Je dois bien admettre qu'on n'est pas mal ici », soupire-t-il en levant le regard vers le firmament, comme s'il prenait les étoiles à témoin qu'il dit la vérité.

La blonde lui demande s'il croit au système de Blas pour faire la distinction entre les Chinois les Japonais, et Juan lui répond qu'il n'en a aucune certitude, mais qu'il aime bien quelquefois croire à des bêtises sans aller voir plus loin.

« Mais il y a des choses que je n'arrive pas à avaler, même si je me force, je ne peux pas les avaler », ajoute-t-il.

L'Allemande lui demande quoi et Juan lui explique que, par exemple, il ne peut pas croire que les étoiles du firmament, celles que l'on voit et celles qu'on ne voit pas, aussi bien, les grandes comme les petites, jouent chacune sa note personnelle et que toutes ces notes ensemble forment la musique des sphères.

« Ce serait pourtant tellement joli », soupire-t-elle, en levant les yeux vers le ciel.

19

Juan déboutonne le deuxième bouton de sa chemise et lisse ses cheveux du plat de la main. Autour de lui, les gens ne sont plus qu'une tache floue. Il ne les entend même plus parler. Ils sont dans un autre monde, ou alors c'est lui, ce qui, en l'occurrence, revient au même. L'Allemande croise les jambes et son pantalon est si serré que Juan se dit que, tôt ou tard, il finira par craquer.

« Allons, parlez-moi encore des choses auxquelles vous ne pouvez pas croire », lui demande-t-elle.

Juan répond qu'il ne croit pas non plus que les poulpes grimpent sur les rochers à proximité de la plage pour écouter les Gitans jouer de la guitare ni que les fourmis soient socialistes.

« Ah ! Ah ! » rit la blonde, en rejetant sa chevelure en arrière, des deux mains.

Juan reste silencieux et sent, aux éclats de rire de la blonde, des désirs lui mordre la nuque. Puis il dit que les fourmis ne sont ni socialistes ni communistes, mais pas de droite non plus.

« Ce sont des fourmis, point final », conclut-il en fermant le poing et en le laissant retomber doucement sur le marbre de la table.

Dès lors, l'Allemande commence à le regarder d'un autre œil. L'éclat de son regard a changé.

Cette femme, se dit Juan qui, d'une manière ou d'une autre, a capté le changement, commence à comprendre que je me forge mes propres idées.

L'Allemande continue à le regarder dans les yeux

et, pendant ce temps, comme sans le vouloir, elle fait aller et venir plusieurs fois de suite son doigt dans l'anneau de son porte-clés.

Message reçu, pense Juan en lui faisant un clin d'œil.

« Ces salopes, dit-il, ne pensent qu'à la guerre et n'ont aucune pitié envers leurs ennemis. »

La blonde écarquille les yeux et Juan comprend qu'il aurait mieux fait de se taire. Quel sens y a-t-il à traiter de salopes des insectes qui ne savent même pas de source sûre dans quel œuf ils sont nés ?

Mais ce serait pis s'il mettait de côté la question des fourmis et passait à autre chose. Ce serait reconnaître son erreur. Il reste un moment sans parler, cherchant de nouveaux arguments, puis il reprend le fil et explique à la blonde que les fourmis ont des mâchoires très coupantes et disposent en plus de terribles venins.

Elle affiche un sourire, mais elle n'ose plus le regarder en face. Son regard s'en va errer de l'autre côté de la place. Elle lui demande où il a appris tout ça sur les fourmis, mais il ne faut pas être grand clerc pour comprendre qu'elle se moque de tout ce que Juan pourra lui dire là-dessus.

Mieux vaut donc parler d'autre chose. Juan lui montre ses deux mains, paumes en l'air, et lui demande si elles sont propres. Il lui demande aussi si elle saurait deviner où se trouvait la tache d'encre qu'il s'est faite quelques jours avant.

« On n'y voit rien, répond l'Allemande. Il n'y a pas assez de lumière.

— Et que pensez-vous de tous ces ploucs ? lui demande Juan, en retirant ses mains et en montrant les couples qui tournent en rond sur la place. Que veulent-ils prouver ? Pourquoi ne vont-ils pas dormir ? Seulement parce qu'il fait trop chaud et qu'il veulent prendre un peu le frais ?

— C'est sûrement ça, répond la blonde en tripotant son porte-clés.

— En fait, dit Juan, ils ont peur de se retrouver enfermés seuls dans une chambre. »

L'Allemande ne fait aucun commentaire et Juan lui confie que, s'il rencontrait une femme qui lui plaise vraiment, il s'enfermerait avec elle dans une chambre et n'en sortirait plus jusqu'au jour du Jugement dernier.

« Nous n'aurions pas besoin de sortir pour tourner en rond », ajoute-t-il.

La blonde se tait toujours mais enfonce son doigt dans l'anneau de son porte-clés, et, cette fois, Juan fait comme si de rien n'était. Il lui fait remarquer qu'elle a un haut de la même couleur que sa chemise et lui dit qu'il est assez étrange qu'un homme et une femme qui ne se connaissent pas se retrouvent non seulement sur une couleur, mais encore sur une nuance.

« N'est-ce pas le signe que, cette nuit, nous nous trouvons sur la même longueur d'ondes ? »

Avant que l'Allemande ait pu lui répondre, il lui prend doucement le porte-clés des mains et enfile son pouce dans l'anneau.

« N'est-ce pas le signe que nous sommes nés l'un pour l'autre ? »

Elle hausse les épaules. Elle compare le vert de son haut avec celui de la chemise de Juan et prétend qu'il n'ont rien à voir.

« Moi, c'est vert pomme, et vous, vert olive », dit-elle.

En d'autres termes, ils ne se trouvent pas sur la même longueur d'ondes.

Juan est déçu. Il a horreur des femmes qui fonctionnent sur courant alternatif, comme ces réclames lumineuses qui s'allument, s'éteignent, se rallument, et ainsi de suite. Mais il ne veut pas se poser en victime. Beaucoup de femmes ne disent pas ce qu'elles pensent. Les hommes non plus, ne disent pas ce qu'ils pensent, mais ce n'est pas son problème. Il lui rend son porte-clés avec un sourire résigné et admet que leurs deux verts sont différents.

« N'exagérons rien, proteste maintenant la blonde. En fait, ils sont assez proches. »

Juan refuse de mordre une fois de plus à l'hameçon. Il lève le bras, commande un double cognac, mais rien pour la blonde. Qu'elle comprenne qu'il est seul de nouveau. Il se détourne et contemple le va-et-vient. Il aperçoit le petit homme en chemise rose et sa bourgeoise, et, un instant plus tard, toujours en sens inverse, l'individu à gueule de boxeur et sa nabote pendue à son bras droit. Apparaissent ensuite le serveur-chimpanzé avec son polo rayé noir et jaune et la plus petite des deux Anglaises. Il la tient par la taille tandis qu'ils marchent vers la plage en suivant le même chemin qu'il a pris tout à l'heure avec l'autre.

« Regardez le type qui ressemble à une guêpe, fait-il à l'Allemande, comme s'il venait de se rappeler qu'elle était assise à côté de lui.

— On dirait vraiment une guêpe, dit-elle.

— La main sur le cœur, répondez-moi : accepteriez-vous de sortir avec un type comme lui ? »

L'Allemande répond qu'il ne faut pas se fier aux apparences. Qu'il est faux de dire que l'habit fait le moine. Il y a des hommes qui se déguisent en guêpe mais sont, en réalité, papillon, et vice versa. Le tout avec un charmant sourire, mais Juan ne se satisfait pas de cette réponse qui n'en est pas une.

« Vous vous montreriez dans les rues du village avec un individu pareil ?

— Je crois que je lui demanderais d'abord de s'habiller autrement », répond l'Allemande, après avoir réfléchi quelques instants.

Juan se méfie. Cette femme ment, pense-t-il. Quoi qu'il en soit, il fait semblant de la croire. L'Allemande veut savoir maintenant combien de maisons il a construites depuis qu'il exerce son métier et Juan ne sait pas quoi répondre.

« Trois », dit-il.

Mais il finit par lui avouer qu'il n'est pas architecte et qu'il a dit ça parce que c'était la première chose qui lui soit passée par la tête.

L'Allemande ne fait pas de commentaire.

« Si j'étais architecte, soupire-t-elle enfin, j'aimerais construire de grands mausolées de marbre. »

Elle n'a pas fini sa phrase qu'elle regarde sa montre et se lève.

« Peut-être à demain », dit-elle en guise d'adieu.

Juan a bien l'intention de la suivre. Il veut savoir dans quel hôtel elle est descendue. Il va pour se lever quand le serveur lui demande de payer son cognac maintenant, et, entre une chose et une autre, il la perd de vue.

20

Deux heures et demie du matin. Il ne reste plus à cette heure-ci que trois ou quatre clients dans la buvette. Juan change de table et s'assoit à la terrasse de la plage. Le ciel est couvert de nuages et pas une étoile ne brille. Il a trop bu, mais il garde les idées claires. Il ne trouve pas normal que les femmes s'évaporent dans la nature alors qu'elles nous ont mis le miel sur les lèvres, et nous abandonnent avec leur odeur de fraise et le souvenir de leurs seins, montant et descendant au rythme de leur respiration.

Il est de retour à la pension quand trois heures sonnent. Blas dort, Carmen dort. Les fourmis dorment. Il s'assoit sur son lit, ouvre son carnet bleu à la première page et se met en devoir de résumer par écrit son dialogue avec l'Allemande et de repérer là où il a commis des erreurs. Ce ne sera pas facile, mais il a toute la nuit pour trouver.

La première question qu'il écrit en majuscules et au stylo bille rouge est la suivante :

Ai-je encore une chance de succès avec Elke W ?

Puis il pose au stylo bille bleu les points suivants :

A) Je suis dans la buvette et je viens de payer le serveur avec un tas de ferraille. Le serveur proteste. Je tourne les yeux vers la droite et je tombe sur l'Allemande assise à la table voisine. Je reste pétrifié. Je la regarde dans les yeux et elle soutient mon regard, mais je ne sais pas quoi lui dire. Je lui souhaite enfin une bonne soirée et je lui demande des nouvelles de sa mère.

Jusque-là, ça va, écrit-il en rouge.

B) Je lui adresse la parole sans que nous ayons été présentés, mais ça ne la gêne pas. Elle tient sûrement compte de ce que nous sommes en vacances.

C) Elle dit que sa mère est restée dans la chambre d'hôtel à cause de sa migraine et je lui conseille de lui faire prendre de l'aspirine, souveraine dans des cas semblables.

Jusque-là, impeccable, ajoute-t-il en rouge.

D) Elle dit que sa mère souffre d'un ulcère à l'estomac et que le médecin lui a interdit l'aspirine. Je réalise alors que nous parlons la même langue, bien que je détecte un léger accent étranger. Je lui demande d'où elle est et elle me répond qu'elle est chinoise.

Jusque-là, note-t-il encore au stylo rouge, ça baigne, à part la précision géographique, plaisanterie qu'on peut tenir pour superflue.

E) Je m'assois à côté d'elle, je lui explique la méthode de Blas pour faire la différence entre les Chinois et les Japonais, et elle rit de bon cœur.

Jusque-là, ça marche comme sur des roulettes.

F) Elle dit qu'elle s'appelle Elke W et qu'elle travaille dans une agence de voyages. Je lui dis alors que je m'appelle Hector et que je suis architecte. Elle accueille ma réponse avec un sourire.

Jusque-là, c'est bon.

G) Elle voudrait savoir si je prends vraiment au sérieux la méthode de Blas pour distinguer les Chinois des Japonais et je lui fais une réponse assez ambiguë. Je lui explique qu'il y a des choses auxquelles je crois et d'autres pas. À titre d'exemple, je lui dis qu'on ne me fera jamais avaler que les poulpes grimpent sur les rochers proches de la côte pour écouter les Gitans jouer de la guitare dans les buvettes de la plage. Elle rit de bon cœur.

Jusque-là, c'est impeccable.

H) Je lui dis que les fourmis ne sont ni socialistes ni communistes, mais ne sont pas de droite non plus. Je reconnais ensuite qu'après tout les fourmis ne sont que des fourmis.

À partir de là, elle commence à me regarder d'un autre œil. Elle paraît inquiète de partager sa table avec un homme qui se préoccupe de la filiation indirecte des fourmis et elle se tient un peu sur la défensive.

I) Brusquement, elle me regarde droit dans les yeux et introduit son doigt dans son porte-clés. Geste significatif s'il en est, aussi bien le porte-clés que la clé et le trou de serrure étant des symboles sexuels.

J) Je lui reparle des mœurs des fourmis. Elle ne retrouve toujours pas son sourire et ne me regarde plus dans les yeux. Elle me demande d'où je tiens mon savoir sur les fourmis, mais se désintéresse de la réponse.

K) Je lui demande si elle peut deviner sur ma main droite les vestiges de la tache d'encre, et elle répond qu'il n'y a pas assez de lumière.

L) Je parle des gens qui se promènent sur la place et je lui dis que, si elle le voulait, nous pourrions nous promener toute notre vie autour de notre chambre. Elle a définitivement perdu l'humeur joyeuse des premiers instants, mais, au moment où je m'y attends le moins, elle réintroduit son doigt dans le porte-clés.

M) Je lui fais remarquer que ma chemise et le haut qu'elle porte sont de la même couleur, je précise que cette coïncidence me semble très significative chez deux personnes qui viennent de faire connaissance et je lui demande si ce ne serait pas le signe que nous sommes branchés sur la même longueur d'ondes.

C'est mon tour d'introduire mon pouce dans l'anneau de son porte-clés et de la regarder dans les yeux. Elle pense que nos deux verts ne sont pas pareils. La situation prend un mauvais tour.

N) Je reconnais qu'elle a raison et que son vert et le mien ne sont pas du tout pareils. Elle me renvoie qu'il ne faut rien exagérer.

O) Je ne mords pas à l'hameçon et je concentre mon attention sur les gens qui tournent sur la place. Je commande un autre double cognac. J'aperçois le serveur-chimpanzé et je demande à la blonde si elle accepterait de se montrer en compagnie d'un individu tel que celui-là. Elle répond qu'elle aimerait mieux crever.

P) Elle me demande combien de maisons j'ai construites jusqu'à ce jour et je lui avoue que je ne suis pas architecte.

Remarque additionnelle : pourquoi s'inquiète-t-elle de ces détails et n'a-t-elle pas l'air de s'intéresser à ce que nous pourrions faire, elle et moi, si nous étions enfermés dans une chambre ?

Q) Je lui dis que je ne m'appelle pas Hector non plus, mais là encore, elle ne s'intéresse pas à mon vrai prénom.

R) Elle me confie que, si elle était architecte, elle aimerait construire un grand mausolée.

Que peut signifier le fait qu'une femme jeune et belle, avec toute la vie devant elle, éprouve le désir de construire un monument funéraire ? Faut-il y voir une certaine tendance à la nécrophilie ?

S) Brusquement, sous prétexte qu'il se fait tard, elle se lève, refuse tout net que je la raccompagne à son hôtel et me plante là.

Une fois que tout est couché par écrit, l'affaire est prête à être jugée. Juan se relira plusieurs fois, étudiera les tenants et les aboutissants, et agira en conséquence.

21

Il est cinq heures et quart du matin, mais Juan n'est encore parvenu à aucune conclusion. C'est un peu comme s'il effeuillait la marguerite.

M'aime ? M'aime pas ? M'aime ? M'aime pas ?

Il sort sur le balcon avec la bouteille d'anis à la main et s'assoit sur la chaise paillée. Il va bientôt faire jour. Il lève les yeux et aperçoit une étoile. Après avoir beaucoup hésité, les nuages se sont décidés à ouvrir une brèche et laissent voir un petit morceau de ciel. Il ne faut pas désespérer, une étoile nous attend toujours quelque part. L'anis lui remet peu à peu de cœur au ventre.

« Je crois qu'elle ne m'aime pas », s'avoue-t-il.

Blas l'appelle du couloir. Juan ouvre la porte et lui cède le passage avec une révérence.

« Place au Seigneur des Fourmis », proclame-t-il.

Le vieillard s'excuse de monter chez lui si tôt ou si tard et lui demande si tout va bien. Il est sorti il y a cinq minutes pour prendre le frais et il a vu de la lumière dans la chambre de Juan.

Avant que Juan ait pu lui répondre, il lui prend la bouteille d'anis et s'en envoie une lampée. Il lui demande ce qu'il a écrit dans son carnet. Juan lui parle de l'Allemande et lui explique qu'il a résumé la conversation qu'ils ont eue, depuis le début jusqu'à la fin, pour essayer de trouver le moment où ça avait commencé à foirer.

Blas s'assoit au bord du lit et garde le silence. Il demande ensuite à Juan à quoi lui sert son doseur. Pendant ce temps, au rez-de-chaussée, Carmen se réveille en sursaut et s'assure que les préservatifs sont toujours à la même place.

« De mon temps, les gens n'avaient pas de sucre », dit Blas.

Juan se pique le pouce gauche et met la bandelette tachée de sang dans le doseur. Deux cent dix. Il explique à Blas que c'est trop, mais qu'il s'en fout complètement et ne pense qu'à son échec avec l'Allemande.

« Arrête avec tes conneries, le gronde le vieux. La seule chose à laquelle tu devrais penser maintenant, ce sont les fourmis. »

Il lui rend sa bouteille d'anis, reste pendant quelques instants le regard flottant, et lui explique enfin que les fourmis sont revenues pendant qu'il était à bavasser avec son Allemande.

« Je crois qu'elles ne sont pas très loin, ajoute-t-il. En réalité, ce sont elles qui m'ont réveillé. »

Ils continuent à boire jusqu'à ce qu'ils aient vidé la bouteille et Juan est pris d'une envie de pleurer.

« C'est la faute des fourmis », murmure-t-il.

Il jette autour de lui un regard rougi et sort dans le couloir, la bombe d'insecticide dans la main droite.

Blas a du mal à le suivre. Il ne tient pas debout tellement il est ivre. Il dit qu'il parierait que les fourmis sont réunies dans la cave, sous le tonneau de vin.

« Elles sont sûrement en bas, bredouille-t-il à sa nièce quand celle-ci passe la tête par la porte de la salle à manger.

— Très bien, dit Carmen. Je vous accompagne à la cave. »

Pas trace des fourmis. Même pas sous le tonneau. Ils retournent tous les trois dans la cuisine et Carmen fait le café. Elle se meut avec précision et respire avec difficulté par le nez.

« Vous avez bien vu, soupire-t-elle. Ce sont des idées que vous vous faites. »

Juan n'en est pas si sûr. Peut-être le plus grand pouvoir de ces fourmis est-il de ne pas se montrer. Il sent le regard de Carmen lui brûler la peau et à peine a-t-il bu son café qu'il retourne dans sa chambre et s'allonge sur le lit. Le jour commence à pointer et le premier coq chante.

Cinq minutes plus tard, Carmen est de l'autre côté de sa porte.

« Il faut que je vous parle », murmure-t-elle, les lèvres collées à la serrure.

C'est plus ou moins ce qu'il craignait. Il saute de son lit et ouvre la porte en grand, mais Carmen n'ose pas entrer. Elle porte une robe de chambre rose avec une poche au-dessus du néné gauche et elle a serré ses cheveux dans un ruban rouge.

« Entrez, Madame », lui dit Juan avec une révérence, comme s'ils étaient, lui et elle, marquis et marquise.

Elle se décide enfin à entrer. Elle s'est inondée de parfum et Juan reconnaît aussitôt cette odeur. Il l'a sentie pour la première fois le soir, peut-être, de son premier échec, et ça fait un bail. Carmen s'arrête au milieu de la chambre et tâte, de l'index de sa main droite, la poche de sa robe de chambre.

« Tiens, tiens, Madame la Marquise ! Asseyez-vous sur cette chaise et dites-moi ce que vous avez à me dire. »

Le coq chante encore une fois, mais maintenant entre aussi dans la chambre un piaillement pressé d'oiseaux. Carmen ne trouve pas les mots appropriés.

« Je me demande ce que vous devez penser de mon pauvre oncle », murmure-t-elle enfin.

Elle va ajouter quelque chose, mais Juan l'interrompt. Il veut poser d'entrée de jeu qu'il a beaucoup d'estime pour Blas.

« Sachez, lui dit-il, que les fourmis de votre oncle sont aussi les miennes et que nous les partagions bien avant de nous connaître. »

Il donne la conversation pour terminée et sort sur le balcon. Maintenant, c'est au tour de Carmen d'être vexée.

« Et moi je crois que ce que vous partagez avec

mon oncle, c'est surtout les bouteilles d'anis », dit-elle.

Juan fait semblant de ne pas entendre et dit que ces fourmis qu'il partage avec Blas, ce sont celles qui guettent tous les hommes responsables qui voient un peu plus loin que le bout de leur nez.

« Tous ceux qui ont tenu une fois une fourmi dans la main, dit-il, ont de bonnes raisons de les admirer et de les respecter. »

Carmen sort sur le balcon, s'accoude elle aussi à la rambarde et place son coude droit au plus près de l'endroit où Juan a posé son coude gauche. Ils sont un moment sans parler – chacun plongé dans ses pensées – puis Carmen, lassée de regarder le mur d'en face, dit que la vue est mieux de l'autre côté du couloir.

« Les chambres donnent sur l'arrière, dit-elle, on voit toutes les montagnes et le jardin avec le palmier qu'a planté mon oncle quand il était jeune. »

Et tout en lui donnant ces explications, elle le frôle avec son coude. Juan s'écarte un peu vers la droite et dit que, si ça ne dépendait que de lui, on arracherait tous les palmiers.

« Vous y croyez vraiment, aux fourmis ? lui demande Carmen.

— J'y crois autant qu'à l'amour », répond-il dans un murmure.

Et il ajoute que les fourmis et l'amour pourraient bien être les deux faces d'une même médaille. Carmen, pendant ce temps, le frôle encore avec son coude, mais Juan ne s'en rend pas compte car il pense à autre chose : il vient de découvrir qu'il manque des pots de fleurs aux fenêtres d'en face.

Certaines femmes obligent donc leurs géraniums à dormir à l'intérieur. Ces femelles mériteraient qu'on les dénonce, pense-t-il. Le moteur de la première motocyclette pétarade, un homme siffle et le chien jaune de l'autre nuit commence à aboyer.

« Je l'ai compris la première fois que je vous ai vu parler avec mon oncle, murmure Carmen qui suit sa pensée.

— Qu'avez-vous compris ?

— Que vous croyez à l'amour », répond-elle.

Elle lui frôle encore le coude, mais cette fois Juan préfère mettre le holà.

« C'est exact, dit-il. Et pour ça je ne prends pas n'importe quoi, figurez-vous. »

Il ajoute qu'il n'a jamais pu supporter les femmes qui rentrent leurs géraniums la nuit, ni celles qui critiquent leur oncle ou portent des robes de chambre roses.

Il regarde Carmen du coin de l'œil et voit qu'elle sourit.

« Des hommes comme vous, on n'en fait plus », le flatte-t-elle en souriant toujours.

En souriant et en vérifiant encore une fois qu'elle a bien dans sa poche ce qu'elle y a sûrement glissé avant de monter.

« Je ne prendrai pas de gants, lui lâche Juan. Vous n'avez aucune chance avec moi.

— Ah, ah, ah, ah ! » rit-elle, piquée enfin dans son amour-propre.

Le moment est venu de jouer cartes sur table.

« Très bien, éclate Juan, en introduisant l'index et le pouce dans la poche de la robe de chambre de Carmen et en en sortant l'étui de préservatifs. Dites-moi pourquoi vous avez mis cette saloperie dans votre poche avant de monter me voir. »

Carmen sort de la chambre en laissant derrière elle un sillage de soufre et Juan pousse le verrou. Il prendra désormais les plus grandes précautions. On ne sait jamais jusqu'où peut aller la colère d'une femme dépitée. Il s'allonge sur le lit et se propose de passer toute la matinée à dormir.

22

Il s'éveille à une heure et demie et commence par faire son dosage. Ce n'est pas tellement qu'il attache de l'importance au résultat, mais il en a pris l'habitude. Deux cent vingt. C'est le bouquet. Il passe cinq minutes sous la douche pour tâcher de dissiper sa migraine, puis il ouvre l'armoire et hésite longuement. Il ne sait pas quoi mettre. Il choisit finalement sa chemise rouge et décide de se coiffer en arrière, pour bien dégager son front.

Il descend dans le vestibule et trouve Blas qui l'attend.

« Je sais que ce matin ma nièce est montée vous voir, lui dit-il en lui faisant un clin d'œil.

— Elle ne serait pas montée, c'était pareil », répond Juan, en lui renvoyant son clin d'œil.

Il n'est pas d'humeur à plaisanter. Il laisse le vieux la bouche ouverte et s'achemine directement vers le boui-boui aux jambons. Il se commande un steak frites, s'assoit à côté du maçon et lui dit qu'il lui trouve meilleure mine qu'hier. Le maçon, qui sait que ce n'est pas vrai, lui renvoie la balle en lui demandant ce qu'il a fait de ses Anglaises. Juan lui répond qu'en sortant de la taverne, hier soir, il les a trouvées assises sur un banc et qu'ils ont passé une très bonne soirée.

« Tu as été bête de ne pas venir », dit-il.

Il a encore mal à la tête et le serveur, en voyant ses yeux cernés, lui demande où il a passé la nuit.

Juan hausse les épaules, le serveur repart dans sa cuisine et, cinq minutes plus tard, en revient avec un steak à moitié cru.

« Tu connais les hommes aussi bien que moi, lui explique Juan, quand une femme nous demande quelque chose, nous ne savons pas dire non. »

Il lui demande pourquoi il n'a pas allumé la télévision et c'est au tour du serveur de hausser les épaules. Ce qui ne l'empêche pas de monter sur une chaise, d'enfoncer le bouton et de faire apparaître sur l'écran le visage de la présentatrice anorexique.

« Revoilà ta copine, dit Juan au maçon, en lui donnant un petit coup de coude. Celle-là, au moins, elle ne se fait pas prier quand on a envie de la voir. »

Le maçon hausse les épaules. Il ne prend même pas la peine de regarder la télévision. Il se lève et sort les mains dans les poches de son pantalon, le regard rivé au sol.

J'ai l'impression que ce garçon a renoncé au rêve, pense Juan.

Et il continue à couper son steak en morceaux tout petits. Il se pourrait qu'ils aient fait exprès de lui servir un steak saignant. Peut-être qu'ils ne tiennent pas à ce qu'il vienne manger ici et ne savent pas comment se débarrasser de lui. C'est en tout cas ce qu'il pense.

Il y a des gens qui n'aiment pas la manière que j'ai de les regarder, se dit-il ensuite.

Il sort de la taverne, fait un tour dans le coin et va s'asseoir à la terrasse de la buvette, côté place, bien décidé à ne plus en bouger tant que l'Allemande n'aura pas fait son apparition. Ce qui se passera ensuite dépendra de la réaction de la jeune femme quand elle l'apercevra.

Il vaut mieux éviter d'en faire trop aussi, se dit-il. Si je la salue de la main et qu'elle me rend mon salut, je l'inviterai à s'asseoir et je remettrai le paquet. Si elle ne me répond pas ou fait semblant de ne pas me voir, je lui ficherai la paix et j'irai voir ailleurs si j'y suis.

Le véritable problème se poserait dans le cas où sa réponse ne serait pas claire, c'est-à-dire dans le cas où sa réponse aurait plusieurs interprétations possibles. Juan, tout en attendant que le serveur-chimpanzé s'approche de lui, étudie plusieurs cas de figure.

Imaginons, se dit-il, que je la salue de la main et qu'elle se contente de me répondre d'un bref mouvement de tête. Que dois-je faire alors ? Filer la queue entre les pattes, comme si elle ne m'avait pas répondu ? Aller vers elle et la questionner sur les raisons de sa froideur ?

Le serveur-chimpanzé ne se décide pas à venir le voir. Il n'est pas très rassuré et reste cantonné dans son coin, à l'autre bout de la terrasse.

Je vais lui faire une sacrée surprise, se propose Juan.

Il lève les deux bras en même temps et les garde en l'air jusqu'à ce que le serveur ne puisse plus faire autrement que de s'approcher.

« Cet après-midi, lui dit-il alors, en lui adressant son plus beau sourire, tu vas pouvoir me servir ce que tu veux. Tu choisis pour moi.

— D'accord », répond le serveur d'une petite voix.

Et il revient deux minutes plus tard avec une limonade. Il pose la bouteille et le verre sur la table et fait deux pas en arrière. Il croit qu'il s'agit encore d'une mauvaise farce, mais Juan l'attrape par le bras, le regarde au fond des yeux et lui demande pardon pour le croche-pied.

« Quel croche-pied ? » dit le garçon, en soutenant son regard à grand-peine.

Puis il reste silencieux pendant quelques secondes et dit enfin qu'il vaut mieux laisser tomber cette histoire qu'il a, de son côté, déjà oubliée.

« Moi, j'ai encore des remords, lui avoue Juan. Finalement, tu es un sacré mec, un mec qui rafle toutes les nanas qui passent à sa portée. »

Même alors, le serveur-chimpanzé ne peut contenir un petit sourire de suffisance. Il adore que les gens reconnaissent ses vertus. Il verse la limonade dans le verre de Juan, passe son torchon sur la table et s'éloigne en roulant des hanches comme un toréro jusqu'à l'autre bout de la terrasse.

Seulement, se dit Juan en arrosant avec sa limonade le pot de fleurs qui est à sa droite, moi, je ne voudrais pas des bonnes femmes que se tape ce crétin pour un empire.

Et cette réflexion lui remet encore une fois la belle

Allemande en mémoire. Il se carre sur sa chaise, tend les jambes sous la table, ferme les yeux et la voit, entourée de fleurs, vêtue de son haut vert et, surtout, de pantalons collants lui martyrisant les cuisses.

Comment faire pour que les rêves deviennent réalité ? se demande-t-il.

Il s'est posé très souvent cette question et d'autres semblables, et il n'a jamais trouvé de réponse qui le satisfasse réellement. Il ouvre les yeux, lève la main pour montrer au serveur-chimpanzé la bouteille vide. Deux minutes plus tard, le serveur est devant sa table et lui sert en souriant une autre limonade.

Ce garçon, pense Juan, est de bonne humeur. Hier soir, il a tiré le gros lot et aujourd'hui il nage dans le bonheur.

Et pour achever de le convaincre qu'il ne lui en veut plus, il lui demande son avis sur sa chemise rouge.

« Moi aussi, j'ai un pull qui se voit à un kilomètre », répond le garçon en évitant de se compromettre.

Il pense sûrement au polo à rayures de guêpe qu'il portait la veille au soir.

« C'est bien, de temps en temps, de se faire voir de loin », ajoute-t-il.

Enfin, pour amuser la galerie et convaincre Juan qu'il a oublié l'histoire du croche-pied, il lui dit de compter ses osselets si le hasard le met devant un taureau.

23

Quatre heures et demie de l'après-midi. Il n'y a pas un souffle de vent, mais il est toujours à son poste et surveille les entrées de la place. Le kiosque à journaux est fermé et la boulangerie a baissé son rideau de fer. Qui sait quels misérables pains ont été cuits cette nuit là-derrière.

Un chien solitaire passe lentement devant la buvette et finit par se réfugier sous le banc même où étaient assises hier les deux Anglaises. Juan le regarde, le chien lui renvoie son regard et se roule en boule comme un chat.

« Ouah, ouah », lui crie Juan pour voir s'il lui répond.

Il ne remue même pas la queue. Il fait trop chaud pour gaspiller bêtement son énergie. Juan essaie de se mettre à la place du chien.

Si tu crois que je vais te répondre, se dit-il à lui-même en prenant une autre voix, tu es un imbécile.

Il pose les pieds sur la chaise qui est devant lui et croise les bras. Il est sur le qui-vive. Le serveur-chimpanzé lui sert sa troisième limonade. Mais il n'est pas si facile d'encaisser la béatitude pure et dure. Quiconque le verrait maintenant assis, jambes écartées, une bouteille de limonade sur la table, serait en droit de l'imaginer au cœur d'un paysage idyllique où règnent l'amour et l'intelligence.

Or, sans le filtre de l'alcool, Juan ne peut pas oublier un seul instant que, derrière l'apparence d'ordre et de raison, se cache un monde inquiétant, plein de mystérieuses coïncidences. Le chien qui est toujours couché sous le banc remue la queue, une femme apparaît au balcon où elle secoue un tapis turquoise, un papillon blanc vole à travers la place, un enfant qui se baigne devant la buvette crie, une jeune mère, affolée de chaleur, enfonce la petite cuillère pleine de bouillie dans la gorge d'un enfant pleurnicheur et, en cet instant précis, un Italien qui s'est endormi à côté de son paquet de spaghettis se réveille et jette autour de lui un regard déconcerté.

Quel est le sens de tout ça ? se demande Juan. S'agit-il d'actions indépendantes qui n'ont rien à voir les unes avec les autres ? Ou d'actions, au contraire, reliées entre elles, et ces actions font-elles partie d'un tout ? Répondent-elles à un plan général, programmé par une intelligence supérieure ? Quel lieu occupé-je moi-même dans ce tout ? Quel est le rôle qui m'est échu ? Celui de la victime ? Celui du vainqueur sur le point d'obtenir la femme la plus importante de sa vie ? Me trouvé-je assis sur cette terrasse seulement parce que j'espère voir apparaître la belle Allemande ? Est-ce réellement ce que je désire ? Et si cette intelligence m'avait placé à cette table, dans une attente inutile, seulement parce qu'elle considère que la coupe de l'amertume qui est mon lot n'est pas assez pleine ?

*

Cinq heures et quart du soir. Rien n'a bougé. L'Allemande ne se montre toujours pas. Survenus au cours de cette dernière heure, on peut relever cependant quelques petits changements.

Primo : le chien n'est plus sous le banc. Il y a dix minutes de ça, il est parti se faire voir ailleurs. Juan lui a aboyé après encore deux ou trois fois, juste pour lui faire le plaisir de croire qu'il avait affaire à un idiot, et il a fini par aller se trouver un coin où on lui ficherait la paix.

Secundo : l'Italien a replongé et dort, cette fois, la bouche ouverte.

Tertio : un homme et une fillette habillée de bleu ont rejoint la table de la jeune mère et du brailleur. Juan suppose que c'est le mari qui était allé faire un tour avec la plus grande.

Quarto : le serveur-chimpanzé a fini son service et c'est maintenant bec-d'oiseau qui le remplace.

*

Six heures et demie. Rien en vue, en tout cas rien d'important. Autrement dit, pas de changement sur le front. Aucune trace de l'Allemande. Juan enchaîne limonade sur limonade, il en est à la cinquième, mais toutes ont servi à arroser le pot de fleurs qui se trouve derrière lui. La place se remplit peu à peu. Le mouvement de fond est l'habituel : les uns se déplacent de droite à gauche et les autres de gauche à droite. Tout à l'heure, il a vu passer le boxeur avec son épouse pendue à son bras. Ce petit bout de femme ne le lâche pas d'une semelle. Le serveur-oiseau bavarde maintenant avec le couple qui est assis à l'autre bout de la terrasse et la petite fille en bleu, qui l'a appelé tonton, le tire par sa veste blanche.

Quatre hommes commencent une partie de

pétanque au milieu de la place. L'un d'eux est si vieux qu'il part derrière la boule lorsqu'il la lance et manque de tomber. Juan commande sa sixième limonade et, juste à ce moment-là, le chien refait son apparition sur la place et file sous le banc. L'un des vieux qui jouent à la pétanque rit parce que sa boule est tombée juste là où il voulait. Les autres applaudissent. Le serveur lui sert sa limonade et la petite fille en bleu s'approche elle aussi de sa table et lui demande pourquoi il arrose les fleurs avec de la limonade.

Juan ne sait que répondre et, pour ne pas rester muet, lâche quelques aboiements. Par la même occasion, il prévient le chien qu'il risque de recevoir une boule de pétanque au moment où il s'y attendra le moins..

Le serveur-oiseau ramène la petite fille à la table de ses parents. Ce garçon, en dépit de son nez, est un être discret qui sait fermer les yeux sur les bizarreries de certains clients.

Il mérite un pourboire, se dit Juan.

Et lorsqu'il tourne son regard vers la droite, il tombe sur le petit homme en chemise rose, avec son visage de tarte aux fraises, son nez en trompette et son éternel sourire heureux.

« Je vous trouve plus bronzé », ment ce dernier pieusement.

« Ce que j'aimerais, c'est avoir la figure de la couleur de votre chemise », répond Juan.

Le petit homme comprend alors qu'il a fait une gaffe et précise que, malgré sa chemise rose, il n'a pas autant de raisons que les autres le croient d'être heureux.

« Vous vous êtes fait une tache de graisse sur la manche », ment Juan.

C'est une des choses que, personnellement, il ne supporte pas : vous avez la certitude de porter une chemise propre et tout à coup votre mère, ou n'importe qui d'autre, vous trouve une tache. Le petit homme lui demande où ça, sur la manche droite ou sur la gauche ?

« Sur les deux, je crois », répond Juan.

« Ah, ah ! » rit le petit homme, comprenant qu'il se paie sa tête

Mais son éclat de rire se fige sur ses lèvres, quand il imagine le savon que lui passerait sa femme s'il avait le malheur de rentrer avec une tache.

24

Sept heures et demie. L'Allemande n'est toujours pas là et Juan songe à deux explications.

Première explication : la migraine s'est aggravée et la fille est restée à l'hôtel pour tenir compagnie à sa mère malade.

Seconde explication : elle fait encore la sieste.

N'importe laquelle de ces deux explications pourrait être la bonne, mais il en existe d'autres également possibles. Cela dit, il a de la marge et peut encore attendre. Tout à l'heure, il a failli s'endormir, mais il s'est pincé la joue et a réagi à temps. Les limonades ne l'aident pas à se tenir éveillé et il estime que le moment est venu de commander son premier cognac de la soirée.

Il y a déjà un bon moment qu'est parti le ménage avec le bébé brailleur et la fillette en bleu. Le chien aussi est parti, et les vieux de la pétanque ont fini leur partie. Le petit homme en chemise rose se penche vers lui avec un sourire crispé et lui explique que sa femme est anormalement en retard.

« Elle aurait dû venir me chercher il y a une demi-heure, dit-il.

— Si ça se trouve, elle s'est enfuie avec un autre, remarque Juan en se frottant le mollet.

— Ah, ah, ah ! » rit le petit homme, qui ne sait pas s'il doit s'asseoir ou rester debout.

Juan l'invite à s'asseoir et lui demande d'arrêter de se ronger les ongles. Il lui dit aussi que toutes les femmes finissent par arriver, tôt ou tard.

« Moi aussi, j'en attends une, dit-il.

— Je vous avoue que je suis perdu sans ma femme », lui avoue le petit homme, un peu rassuré.

Les motos de la veille au soir font irruption sur la place et l'air se remplit de pétarades.

« Je l'ai laissée il y a deux heures de ça chez le coiffeur », lui explique maintenant le petit homme en essayant de se faire entendre au-dessus du vacarme des motocyclettes.

« Oubliez votre femme pour quelques instants et dites-m'en un peu plus sur le hyacinthisme », l'interroge Juan.

Le petit homme lui demande de quoi il veut qu'il lui parle exactement, de l'hyacinthe en tant que couleur ou du parti politique qui porte ce même nom. Juan répond qu'il s'intéresse de moins en moins aux partis politiques et qu'il préfère qu'il lui parle de la couleur.

« Je vous le disais hier, répond le petit homme. L'hyacinthe est un bleu dans lequel prédomine le rouge. »

Il va pour en dire plus quand il aperçoit sa femme de l'autre côté de la place, aussi s'interrompt-il et se lève-t-il d'un bond.

« Nous en reparlerons demain », dit-il en guise d'adieu.

Et il court vers sa femme qui l'attend, les poings sur les hanches.

*

Encore une fois, sa montre est d'accord avec la cloche de l'église. Le sifflement monte de son poignet un peu comme une plainte et le premier coup de cloche tombe presque en même temps.

Il est dix heures et la nuit est tombée, mais la brise de mer, elle, s'est levée, et la place s'est remplie de couleurs qui n'arrêtent pas de tourner. Par la droite arrivent les bleus, également une gamme variée de jaunes et, juste en cet instant, les bleus s'en vont lentement par la gauche, accompagnés d'un large cortège de blancs et de rouges.

Toutes ces couleurs nous survivront, pense Juan, qui est au bord des larmes.

Depuis quelques minutes, il a la gorge nouée. Il veut bien admettre, certes, qu'il n'a pas perdu son temps. Pendant les six heures qu'il a passées assis à la terrasse de la buvette, il a vu défiler presque toutes les femmes jeunes du village et il a acquis la certitude absolue que pas une ne peut être comparée à son Allemande.

*

Dix heures et demie. Il ne reste presque plus personne sur la place. Tout le monde est en train de dîner. De toute façon, l'Allemande ne viendra pas avant d'avoir fini elle-même son dîner. Juan retourne à la pension les jambes engourdies et avec, déjà, une demi-douzaine de cognacs derrière la cravate. Il a besoin de se laver les mains au plus vite. Ensuite de quoi, il prendra une bonne douche.

Blas vient l'accueillir dans le vestibule et lui met la main sur l'épaule. L'entraînant vers la salle à manger et s'asseyant dans son fauteuil d'osier, il lui raconte que Carmen a passé de nouveau presque tout l'après-midi dehors. Elle est partie en milieu de matinée, a fait une apparition à deux heures, a servi son déjeuner à son oncle et est repartie. Blas lui raconte aussi qu'à deux heures et demie il est monté à la deux, la chambre qui est en face de celle de Juan, de l'autre côté du couloir, et a vu de la fenêtre sa nièce qui creusait une fosse sous le figuier.

« Je suis sûr que cette petite trame quelque chose », murmure-t-il.

Juan lui demande d'aller chercher la bouteille d'anis, mais le vieillard ne bouge pas de son fauteuil, alors il monte à sa chambre et prend sa douche. Une demi-heure plus tard, quand il retourne dans la salle à manger, Blas est toujours assis dans son fauteuil d'osier, on croirait qu'il n'a pas bougé un doigt au cours des dernières trente minutes, mais il a mis la bouteille d'anis et un verre sur la table.

« Elle n'est pas encore rentrée, dit-il. Nous pouvons parler, personne ne nous écoute.

— Vous croyez ? » demande Juan en jetant un œil au ficus.

Il sort la plante dans le vestibule, ferme la porte et retourne s'asseoir en face de Blas. Il lève son verre d'anis et, tout en le regardant en transparence, il lui semble entendre la douce respiration du ficus vexé.

« Je crois, dit-il, que votre nièce n'ose plus se montrer à cause de la veste qu'elle s'est prise avec moi ce matin. Elle a honte. »

Blas fronce les sourcils et porte sa main droite à son oreille.

« La veste », répète Juan en levant un peu la voix.

Blas taxe Juan de frivolité.

« Ce qui se joue dans cette maison est beaucoup plus grave », dit-il.

Il va pour ajouter quelque chose, mais Carmen passe justement la tête par la porte et annonce à son oncle que son assiette de soupe est sur la table de la cuisine. Ce qui signifie qu'elle est entrée dans la maison par la porte de derrière – celle qui donne sur le jardin – et qu'il y a déjà un moment qu'elle fricote dans sa cuisine sans que les deux hommes s'en soient rendu compte.

« Si vous voulez bien, nous continuerons à parler quand vous rentrerez ce soir, chuchote Blas en se levant de son fauteuil. Je vous attendrai dans la rue. »

25

Juan se lève aussi de sa chaise et, en traversant le vestibule, il s'arrange pour rester hors de portée du ficus. Il est dans la rue quand minuit sonne au clocher et, cinq minutes plus tard, déboulant au boui-boui des jambons, il tombe nez-à-nez avec son Allemande et le serveur-chimpanzé. Elle, elle porte un chemisier du même rose saumon que sa chemise à lui. Le serveur a son éternel polo rayé noir et jaune.

« Comment va la migraine de votre mère ? lui demande-t-il sans presque s'entendre lui-même.

— Plutôt mieux », répond l'Allemande qui ne s'arrête même pas.

Elle ne l'a pas regardé dans les yeux non plus. Les deux pressent le pas et s'éloignent en remontant la rue. Ils ne se sont pas encore pris par la taille, mais ils ne tarderont pas à le faire. Juan reste un moment sans bouger. Il se passe la main sur le visage, jette un regard éperdu autour de lui et entre enfin dans le boui-boui. Il s'assoit à côté du maçon, lève les yeux vers la télévision et reste là, bouche ouverte, sourd à tout ce qui se dit autour de lui.

Dans de telles circonstances, il ne sait plus quoi faire, s'il doit s'enfermer dans sa chambre avec la bouteille d'anis ou s'asseoir devant la mer et passer toute la nuit à contempler les lumières des pêcheurs.

Il retourne à la buvette, s'assoit devant la mer et commande une bière bouteille.

Allons, ce qui t'arrive n'a rien d'extraordinaire, au

fond, se console-t-il, réconforté, dès la première gorgée avalée.

Il porte le goulot de la bouteille à ses lèvres et ferme les yeux. Il réfléchit cinq minutes et retourne à la pension, le regard rivé au sol. Il commence à compter ses pas, mais s'arrête avant cinquante.

Blas l'attend. Il a sorti cette fois encore son fauteuil d'osier dans la rue et il y a une chaise vide à sa droite. Juan se laisse tomber sur la chaise en soupirant et lui demande à brûle-pourpoint ce que peuvent avoir de commun les fourmis et les femmes. Le vieillard ne répond pas et allume et éteint plusieurs fois une lampe-torche. Il dit ensuite à Juan de l'accompagner au jardin.

« Et votre nièce ? »

Blas hoche la tête de gauche à droite. Cette nuit, ils n'ont pas à s'en faire pour Carmen. Après souper, il a mis une douzaine de cachets dans son verre de lait.

« Elle va dormir d'une traite jusqu'à demain », dit-il.

Juan hausse les épaules. Douze cachets, c'est peut-être beaucoup..., trop. Pourtant, il ne fait aucun commentaire. Blas lui prend le bras, ils entrent dans la maison, longent le couloir, traversent l'arrière-cour et passent dans le jardin par la porte de derrière. Ils vont jusqu'au coin où se trouve le figuier et Blas repère le trou.

« Tenez, dit-il en dirigeant dessus le faisceau de sa torche. La fosse est assez grande pour contenir un homme. »

Juan pense au serveur-chimpanzé. D'une façon ou d'une autre, il n'a cessé de penser à lui depuis qu'il l'a surpris avec l'Allemande à la porte de la taverne.

« Il tiendrait là-dedans lui aussi, cet enfant de salaud », murmure-t-il.

Mais ce n'est qu'une idée fugace qui s'évapore sans laisser de trace. Blas dirige maintenant sa torche vers la terre que sa nièce a sortie à la pelle.

« Pourquoi croyez-vous qu'elle se soit donné tout ce travail ?

— Et toi, qu'est-ce que tu en dis ? lui demande Blas à son tour. Je ne t'ai pas raconté ce que font les jeunes fourmis avec les plus vieilles ? »

D'un geste fulgurant, il détourne sa lampe et éclaire le sentier qui traverse le jardin en diagonale. Arrivé au pied du cerisier, il rapproche sa lampe du sol et demande à Juan de venir voir ce qu'il a à ses pieds.

« Attends-toi à une belle surprise », le prévient-il.

À la lumière de la torche, Juan aperçoit une grosse colonne de fourmis sortant tumultueusement par le trou de la fourmilière et enfilant sans hésiter le sentier qui conduit à la porte de derrière. C'est une découverte inquiétante, surtout au milieu de la nuit. Il demande au vieillard comment il a pu localiser l'entrée de la fourmilière et celui-ci lui répond qu'il savait où elle était depuis des années.

« Ce sont les mêmes fourmis que quand j'étais jeune », murmure-t-il.

Juan est toujours agenouillé. Il croyait dur comme fer que les fourmis dormaient la nuit. Blas approche un peu plus sa torche de la fourmilière et plante sa canne au bord de l'entrée, mais les fourmis vont et viennent comme si de rien n'était.

« Vous voulez que je les écrase ? dit Juan.

— Tu perdrais ton temps », murmure Blas.

Il dirige le faisceau de lumière sur les branches du vieux cerisier et a la certitude qu'il ne les reverra plus fleurir.

« Tout ce qui va se passer cette nuit est écrit, murmure-t-il en s'appuyant sur sa canne.

— Vous avez sans doute raison », dit Juan.

Il prend le vieillard par le bras et ils retournent à la maison. Quand ils passent devant la chambre de Carmen, Blas pousse la porte et reste à contempler sa nièce, qui a la tête sous l'oreiller et les bras pendants de chaque côté du lit.

« Vous croyez vraiment qu'elle dort ? » lui demande Juan.

Le vieux hausse les épaules et ne répond pas. Il regarde derrière la porte puis ouvre l'armoire en grand.

« J'aimerais savoir où elle rangeait son pic et sa pelle », murmure-t-il.

Les premières fourmis avancent dans le couloir. Elles sont très intelligentes et, pour ne pas dévier de la ligne droite, suivent les joints des carreaux. Juan ferme la porte de la chambre et accompagne Blas jusqu'à la salle à manger. Il l'assoit dans le fauteuil d'osier et lui demande la permission de jeter le ficus par la fenêtre.

« Débarrassons-nous au moins de ce monstre », dit-il.

Blas, qui s'est rassis sur son trône d'osier, comme un roi qui attend d'être déposé, refuse d'un lent mouvement de tête. Le ficus doit rester là où il a toujours été. Exactement à l'endroit où, des années plus tôt, l'a installé sa femme.

« Cette plante aussi fait partie de notre destinée », murmure-t-il tandis que les fourmis, qui sont entrées dans la salle à manger, se divisent en trois colonnes.

Et Juan s'aperçoit soudain que, depuis qu'ils sont sortis du jardin, Blas a complètement retrouvé l'ouïe.

« Vous croyez vraiment que les Japonais ont les yeux bridés vers le bas ? Ce ne sont pas les Chinois ? »

Blas ne lui répond pas. Le temps n'est plus de s'inquiéter de questions aussi triviales. Il n'a plus, maintenant, qu'à fermer les yeux et à attendre.

« Ami Hector, vous serez le dernier hôte de cette pension, murmure-t-il.

— En réalité, je ne m'appelle pas Hector », lui avoue Juan.

Les pseudonymes ne sont plus de saison. Il nous faut affronter le destin sous notre vrai nom. Il monte dans sa chambre et vérifie l'ordre de ses chemises. Même en cet instant il ne peut pas ne pas voir la magie des couleurs. Il jette par le balcon son doseur de glucose et son téléphone portable, et compte une dernière fois les pots de géranium de la maison d'en face. Puis il se déshabille et se met sous la douche. Il s'allonge sur le lit et, quand il lève les yeux vers le plafond, il ne trouve plus la tache nulle part. Elle a disparu. Il se peut qu'elle n'ait jamais été là, qu'elle n'ait été qu'une invention de son imagination parmi tant d'autres. Il allume son transistor et la chambre est pleine des spirales d'une valse, qui tourne et tourne sur elle-même, enivrée de sa propre beauté.

Le chœur des violons lui-même ne parvient pourtant pas à couvrir le grondement de l'armée de fourmis qui s'approche lentement dans le couloir.

La photocomposition de cet ouvrage
a été réalisé par
GRAPHIC-HAINAUT
59163 Condé-sur-l'Escaut

Imprimé en France
Impression : S. N. Firmin-Didot au Mesnil-sur-l'Estrée
dépôt légal : mars 2004
N° d'édition : 1660 - N° d'impression : 67583

SERVICE DE PRESSE